少年读

红楼梦

蔡丹君 著

青岛出版集团 | 青岛出版社

目录

第一篇 山中高士薛宝钗

宝钗进京

| 004 | 藏愚守拙薛宝钗
| 007 | 不得不参加的选秀女
| 009 | "冷香丸"与"冷美人"

| 016 | 红楼诗文　春灯谜
| 018 | 红楼内外　家有"百万之富"的薛家是如何赚到这么多钱的？

金玉良缘

| 024 | 金玉相逢
| 029 | 当事人的意见
| 033 | "金玉良缘"只是看上去很美
| 037 | "冷"与"热"的矛盾

| 043 | 红楼诗文　咏白海棠
| 045 | 红楼内外　"宫花"是薛宝钗选秀女失败从皇宫中带出来的吗?
| 048 | 大千万象　当铺生意为何能助薛家成为富商巨贾?

宝钗扑蝶

| 052 | 一反常态的"扑蝶"
| 056 | 宝钗"嫁祸"黛玉事件
| 059 | 人情练达即文章

| 063 | 红楼诗文　忆菊
| 065 | 红楼内外　宝钗扑蝶、黛玉葬花为什么都是在芒种节？

可叹停机德

| 070 | "宝钗百科"
| 074 | 薛宝钗的"野心"
| 079 | 薛宝钗的高情商
| 083 | 薛宝钗的生存之道

| 091 | 红楼诗文　灯谜诗
| 092 | 红楼内外　薛、林二人明明性格相反,为什么有"钗黛合一"的说法?

第二篇

凡鸟偏从末世来

| 102 | 脂粉英雄
| 108 | 勇挑重担
| 112 | 万绿丛中一点红
| 120 | 悲剧结局的暗示

| 124 | 红楼诗文　赞会芳园
| 126 | 红楼内外　贾府中的通用货币是银子还是铜钱？

聪明累

| 132 | 末世凡鸟
| 139 | 众叛亲离的导火索
| 142 | 口才好也是错
| 147 | 被欲望吞噬的英雄

| 152 | 红楼诗文　聪明累
| 154 | 红楼内外　在贾府中每月工资"一吊钱"是什么概念？

抄检风波

| 160 | 事情的起因
| 163 | 巧借名目
| 168 | 首当其冲
| 170 | 王熙凤的态度
| 174 | 一个人真实的模样

| 179 | 红楼诗文　金陵十二钗图册判词
| 180 | 大千万象　去当铺典当东西一定说明家里穷吗？

宝钗进京

藏愚守拙薛宝钗

薛宝钗的名字看起来"珠光宝气",她又随身佩戴一只珍贵的金锁,让人误以为她是一位外表富贵无比的女孩子。但是书中却频频写到她不爱脂粉打扮,这种反差,是薛宝钗"藏愚守拙"品质的体现,也暗示着宝钗最终"金簪雪里埋"的命运。

从薛宝钗第一次在贾府中露面开始,作者就通过不同的角度强调她不爱打扮。薛宝钗还没有正式出场,作者就通过薛姨妈之口说起自己这个"古怪"的女儿"从来不爱这些花儿粉儿的"。她第一次出场时,作者又通过贾宝玉的眼睛正面描写她的穿着:

头上挽着漆黑油光的纂(zuǎn)儿,蜜合色棉袄,玫瑰紫二色金银鼠比肩褂,葱黄绫棉裙,一色半新不旧,看去不觉奢华。唇不点而红,眉不画而翠,脸若银盆,眼如水杏。

宝钗最喜欢穿"间色"的衣服。所谓"间色",就是那些被中和了的颜色。蜜合色棉袄、玫瑰紫比肩褂、葱黄绫棉裙搭配起来,就是以黄色作为底色,以紫色作为外层的间色。而且,她这一身衣裳是"半新不旧","不觉奢华",下面紧接着写到从这种打扮可以看出，薛宝钗是"罕言寡语，人谓藏愚；安分随时，自云守拙"。可见，宝钗不喜脂粉打扮，与她的性格特质是相得益彰的。

薛宝钗在服饰上的选择根植于她接受且认可的儒学道德教化。她随分从时、善于观察，但不会把自己的喜好表现出来，对私人情感的表达更是极其节制，言语中常常秉持着温柔敦厚的原则，不刻薄于人，言谈举止总是礼貌得体。

薛宝钗在生活方面以节俭、俭朴为美，她能确切感知到家族财力的每况愈下，对将要嫁到她家的穷姑娘邢岫烟说：

但还有一句话你也要知道，这些妆饰原出于大官富贵之家的小姐，你看我从头至脚可有这些富丽闲妆？然七八年之先，我也是这样来的，如今一时比不得一时了，所以我都自己该省的就省了。……咱们如今比不得他们（贾府）了，总要一色从实守分为主，不比他们才是。

有人形容宝钗是外表和善、内心冷漠，但其实她是第一个看破世相的通透之人。这一切大概是因为她太博学，读过的书太多，对世间俗常早已有了自己的判断。

但是薛宝钗的打扮也偶有例外，书中有时也写到她衣饰中的"张扬"元素。第八回中，宝玉来访，想要看宝钗的金锁，这时宝钗"一面解了排扣，从里面大红袄上将那珠宝晶莹黄金灿烂的璎珞掏将出来"，可见宝钗不是全然不喜欢张扬的颜色，譬如红色，但是她是把红色穿在里面,只有在极其偶然的情况下才显露出来。作为曾任江宁织造的曹寅后人,曹雪芹在为《红楼梦》中的每个人物设计服饰时是很有考虑的。薛宝钗这种衣着颜色上的层次,暗示着她"外冷内热"的性格。她面对外人的言谈举止往往是含蓄的,但是内心中却并不是真的"古井无波",她的思想层次、心灵层次是非常丰富的。

到后来,宝钗的穿着不仅简单,甚至可以称为素净了。众人在大雪中赏梅时,年轻的姊妹们或是穿着大红猩猩毡,或是披着羽毛缎斗篷,只有宝钗的穿着和寡嫂李纨是一致的:

> 独李纨穿一件青哆罗呢对襟褂子,薛宝钗穿一件莲青斗纹锦上添花洋线番耙丝的鹤氅;邢岫烟仍是家常旧衣,并无避雪之衣。

可以想象薛宝钗是大红当中一点蓝,她和寡妇李纨穿的是接近的颜色。贾母曾经批评薛宝钗的房间如"雪洞"一般,对年轻姑娘来说很不吉利。薛宝钗的穿着也有着同样的特点,衣饰接近于寡妇的穿着,这就不只是"藏愚守拙"可以解释的了,也隐隐暗示出曹雪芹在判词中为她预设的结局:"纵然是齐眉举案,到底意难平"。在小说的未见部分中,薛宝钗的结局应是与宝玉成婚,缔结了"金玉良缘",但是,宝玉最终选择了出家,让宝钗从此独守空房,与寡妇无异,终不免在孤独中度过余生。

不得不参加的选秀女

《红楼梦》第四回中讲到薛家进京的原因,首要的一条便是送薛宝钗入宫待选:

近因今上崇诗尚礼,征采才能,降不世出之隆恩,除聘选妃嫔外,凡仕宦名家之女,皆亲送名达部,以备选为公主郡主入学陪侍,充为才人赞善之职。

薛宝钗为什么要参加选秀女呢?她是想进宫当皇妃吗?

其实,结合清代的选秀女制度来看,参不参加这次选秀女不由薛宝钗自己的意愿决定,她不得不去参加。

清代选秀女并不是全天下海选,而是有一个准入门槛,同时又是强制性的。当时有一部书叫作《国朝宫史》,其中记载"凡三年一次引选八旗秀女……凡一年一次引选内务府秀女"。清代的选秀女分为两种类型。第一种是面向八旗人家的女儿,三年一选,她们在十三岁至十七岁之间必须参加选秀女,应选的是皇帝的嫔妃或者王公贵族的福晋(夫人)等,只有落选的女孩子才能回到民间和普通人结婚。还有一种是面向内务府三旗人家的女儿,一年一选，这些人家的女儿本来就属于皇帝的奴仆，是直接服务于皇室的，要应选的是宫廷中的宫女或者女官，仍是像父辈一样服务皇室，而且要求十分苛刻，一旦入选，不到二十五岁是不可以出宫的。无论是哪一种选秀女，对符合条件的女孩来说都是强制性的，她们必须参加。

《红楼梦》中元春、宝钗二人参加的选秀女，类似于清代康熙、乾隆时期内务府三旗选秀女，她们只能参选宫女，而不是嫔妃。第二回中冷子兴说元春本是因为"贤孝才德，选入宫中作女史去了"。女史是一种女官，《周礼·天官·女史》中专门对女史做了说明："女史掌王后之礼职，掌内治之贰，以诏后治内政。"这是一种内廷职官，是服务皇室的，而不是皇室的姻亲。所以贾元春人生的既定目标是进宫当女官，而不是去做皇帝的嫔妃。想要实现从宫女到嫔妃的身份跨越非常难，而元春能从宫廷女史一跃成为入主凤藻宫的贤德妃，这种人生际遇并不是一般人能够有的。

而且薛家与贾家的身份也有所不同，薛家祖上的最高官职是"紫薇舍人"，这是中书舍人的别称，是一个从七品的官职，而到了薛宝钗这一代，薛家作为皇商之家，只富不贵，本来就不具备送女儿选妃的资格。因此，将薛宝钗这个人物放回到时代背景中，她这样的女孩根本不会存有进宫成为妃子这样的野心，因为要实现这种阶层的跃升，实在是一件非常困难的事。而且，从《红楼梦》中的这段叙述来看，薛宝钗本来也不具备参选的资格，是因为皇帝"降不世出之隆恩"才得以参选,而且她参选的,也并不是皇帝的后妃,而是公主、郡主的入学陪侍。

因此,选秀女这件事不是薛宝钗想参加就可以参加的,也不是她想拒绝便可以拒绝的,因为一旦皇帝下令,那么待选的女子只有在参选不中之后才能去考虑自己的婚姻大事。

"宝钗待选"只是曹雪芹安排薛家进京、群芳相聚的一个理由,并不是宝钗主导的行为,也不是宝钗主动的追求。本来是因为送宝钗待选而进京的薛家,在入住贾府之后也再没有提过这件事。如果说这件事能够透露出更多信息的话,那就是薛家确实在为家族的未来作打算,因此宝钗未入选后,她的终身大事也就成了薛家保持家业兴盛的重要筹码。

"冷香丸"与"冷美人"

薛宝钗常吃的一种药叫作"冷香丸",这种药能够缓解薛宝钗的"嗽疾",更为重要的是,这种药的药名其实也是薛宝钗"外冷内热"性格的一种象征。

薛宝钗在书中的正式登场与一场病有关。第七回中,周瑞家的到梨香院来找王夫人,顺便问起薛宝钗为什么这几天没有到贾府逛逛,宝钗说不是不想去,而是自己"那种病又发了"。宝钗得的是什么病呢?甲戌本第八回的回目说她是"小恙梨香院",得的不是什么大病,只是咳嗽而已。宝钗介绍自己的病因是"从胎里带来的一股热毒",还介绍了一个癞头和尚为自己开的一味神奇的药——"冷香丸"。

这个名字听起来很奇怪,不像药名,反而像是熏香,它的配方更奇怪:

> 要春天开的白牡丹花蕊十二两,夏天开的白荷花蕊十二两,秋天的白芙蓉蕊十二两,冬天的白梅花蕊十二两。将这四样花蕊,于次年春分这日晒干,和在药末子一处,一齐研好。又要雨水这日的雨水十二钱……白露这日的露水十二钱,霜降这日的霜十二钱,小雪这日的雪十二钱。把这四样水调匀,和了药,再加十二钱蜂蜜,十二钱白糖,丸了龙眼大的丸子,盛在旧磁坛内,埋在花根底下。若发了病时,拿出来吃一丸,用十二分黄柏煎汤送下。

如果将这些用来配药的原材料归类,大致就是花、水、糖和黄柏四种。其中，糖是用来和药的，黄柏是用来煎药的，所以药的主要成分还是花和水。这些花无不带有"冷香"的特征，如唐人薛能的诗中就写牡丹是"浓艳冷香初盖后，好风乾雨正开时"；宋代姜夔的《念奴娇》形容夏日的荷花是"冷香飞上诗句"；而芙蓉在王维的诗中也是"涧户寂无人，纷纷开且落"，生长在冷寂清幽的环境之中；梅花也被形容为"冷香秀色谁为主"……这些意象重叠在一起，都是在突出一个"冷"字。

花是"冷香"的来源，而水则突出一个"可巧"的特点。这些入药的水并不是普通的水，而是在雨水、白露、霜降、小雪四个特定节气积攒下来的自然之水，有着"得气之先"的特征。周瑞家的听了就感叹道："这么说来，这就得三年的工夫。倘或雨水这日竟不下雨，这却怎处呢？"宝钗就笑说，对啊，哪里有这么凑巧的事情呢，没有雨也只好再等罢了。而且，这样凑巧的"冷香丸"，居然还真的配成了，所有的材料"一二年间可巧都得了，好容易配成一料。如今从南带至北，现在就埋在梨花树底下呢"。从药理上来说，"冷香丸"的配方总体上是用于润肺消痰止咳的，和宝钗的病也对症。

因为这丸药的名字，薛宝钗也获得了"冷美人"的称号。"冷"是薛宝钗的人物特征之一。她的房间如同"雪洞一般"，抽到的花签是罗隐的《牡丹花》，"任是无情也动人"，这一切似乎都在凸显着她的"冷"。但是，我们通过文中对"冷香丸"的描述

少年读红楼梦

金玉相逢

可以看出，薛宝钗的冷并不是天生的，与之相反，薛宝钗的天性恰恰是"热"的，但是这种热被称为"毒"，需要用后天的"冷"去压制和调和。薛宝钗的成长路径与"冷香丸"的药理是一致的。她曾经对黛玉说，自己儿时也是爱看杂书的，经过大人的管教，后来才丢开，只以针黹（zhǐ）纺织为本分。脂批说"热毒"是"凡心偶炽，是以蘖火齐攻"。薛宝钗本来也是有情之人，从她探望挨打的宝玉时那句未说完的"我们看着，心里也疼"中可见一斑，但是她却将情感克制下来，用后天习得的礼仪压制天性中的冲动，才表现出"罕言寡语，人谓藏愚；安分随时，自云守拙"的样子，这种性格正是冷热中和的体现。

"病"不是宝钗形象的主要特征，只是她生命中的"美中不足"而已，关键在于"冷香丸"这一味药的象征意义。较之林黛玉的病弱与风流，宝钗的容貌表现出的是一种健康丰盈的美，书中说她的样子是"生得肌骨莹润，举止娴雅"，"唇不点而红，眉不画而翠，脸若银盆，眼如水杏"。而且薛宝钗对待疾病的态度也是较为积极的，她在和尚的指导下，"一二年间可巧都得了"和尚所说的配制"冷香丸"的材料，服用"冷香丸"之后果然就平安无虞；而黛玉对疾病的态度则接近于"和尚道士的话如何信得"，并没有按照和尚的建议去安排自己的生活，没有刻意不见生人、不听哭声。"冷香丸"的配制虽说是"可巧"，但想必其中也费过一番周折，这种对待疾病的态度也显现出钗黛二人性格方面本质的差异：作为"草木之人"的黛玉不会为了治好病就听从和尚道士的话，而是顺应自然；相反，薛宝钗对待疾病的态度则是积极地改变、有计划地安排自己的生活。

薛宝钗的病本来并不严重，她说自己"幸而先天壮，还不相干"，而按照和尚的方子调配的"冷香丸"也只能解一时的咳疾，不能完全弥补先天的缺憾。"冷香丸"作为衬托薛宝钗形象的一个意象，它的获得来自"可巧"，就像薛宝钗命中的好运也是侥幸而来，转瞬即空。戚序本中对"冷香丸"的定义是"历着炎凉，知著甘苦，虽离别亦自能安，故名曰冷香丸"，这就像是宝钗人生态度的写照，在世事浮沉之中，她是那个看透聚散离合、历遍甘苦而又能自我安顿的人，这种冷热调和后的中庸人格才是宝钗自内而外散发出的"冷香"。

春灯谜[1]

朝罢谁携两袖烟，琴边衾里[2]总无缘。

晓筹[3]不用鸡人[4]报，五夜[5]无烦侍女添。

焦首朝朝还暮暮，煎心日日复年年。

光阴荏苒[6]须当惜，风雨阴晴任变迁。

注释

[1] 早期脂本《红楼梦》中春灯谜，多止于惜春所作的灯谜。庚辰本《红楼梦》的脂批中，补记薛宝钗所作灯谜，戚序本就此补记。而在甲辰本、程高本中，则将这首灯谜改为林黛玉所作。灯谜谜底为"更香"，为一种可以计时的香，每燃完一支恰是一更，故此得名。

[2] 琴边衾里：指日常生活，也是在用排除法限定谜底——既不是与琴棋书画为伴的鼎炉之香，也不是熏被褥、衣服所用的熏炉、熏笼。

[3] 晓筹：拂晓时刻。

④鸡人：古代宫内负责报时的护卫。宫中不养公鸡报时，在夜间会有执勤的护卫头戴绛帻候在宫门外，到鸡叫时分，向宫中报晓。

⑤五夜：即五更。古代将一夜时间五等分，称为五夜、五更或五鼓。

⑥荏苒：时光渐渐过去。

> 译文

早朝归来衣袖上带有何种烟香？反正书房与寝室不曾浸染这种香气。有了它，宫内不用专职报时的护卫报晓，也无须劳烦侍女夜间添加香料。只苦了它从早到晚焦头烂额，日日年年内心煎熬。转瞬之间便会流逝的时光本当珍惜，然而只能任由风雨阴晴不定。

红楼内外

家有"百万之富"的薛家是如何赚到这么多钱的?

《红楼梦》第四回中的"护官符"从不同维度写出了四大家族庞大的势力,其中薛家主要突出一个"富"字:

丰年好大雪,珍珠如土金如铁。

其中"雪"谐音"薛",丰年大雪本是庄稼收成好的象征,在这里是说鼎盛时期的薛家,珍珠、黄金这些珍宝对薛家来说就像是尘土和废铁一样寻常。在小说的具体情节中,薛家更是如同贾家的"百宝箱"一样,贾府急缺什么东西都能在薛家找到,而且都是质量最上乘、市面上买不到的。薛家到底有多富有呢?他们的经济来源是什么呢?

小说里对贾、王、史三家的产业,描写得不是非常具体,但对薛家的生意经交代得比较清楚。在财富规模方面,《红楼梦》第四回中说,薛家"家中有百万之富"。他们的财富来源,首先是作为皇商的营生，"现领着内帑钱粮，采办杂料"，而薛蟠自己"虽是皇商，一应经济世事，全然不知，不过赖祖父之旧情分，户部挂虚名，支领钱粮，其余事体，自有伙计老家人等措办"。"皇商"这两个字是民间的称呼，文献档案里没有这两个字，但曹雪芹的爷爷曹寅、曹寅的大舅子李煦，在历史上都担任过官商，也就是专门为宫中采买物品的中间商。《红楼梦》第七回薛姨妈拿出来送给大家的"宫花"，就是专供皇家的首饰，后文提到的江南饮品，比如木樨清露、玫瑰清露，也是贴着御用标签的，应当也是官商采办来的。

书中还补充说，薛蟠到京城有三个原因，其中一个是要亲自入部销算旧账，再计新支。这是在户部支领钱粮的意思，并不是说他要去领薪水，而是他每年都可以向户部借支银两，来做他被允许做的那些贸易，但前提是他得先销算旧账。这就是清代的"生息银两"制度，相当于皇帝让内务府借钱给商人，商人做了买卖赚到钱以后，再给内务府交上利息银子，而且还要结算一下去年的本金，同时他们还负责为皇家采购商品。当时，只有皇帝最信任的包衣奴才，才有资格去做这种生意。

薛蟠这种浪荡公子当然不会做生意，薛家的营生其实主要还是靠家里的老伙计们打理。第四十八回，薛蟠挨了柳湘莲的打以后，就跟着一位叫张德辉的总管去行商，当时张德辉计划去苏州，因说起"今年纸札香料短少，明年必是贵的。明年先打发大小儿上来当铺内照管,赶端阳前我顺路贩些纸札香扇来卖。除去关税花销,亦可以剩得几倍利息"。张德辉要采买的是一些很琐碎的东西,无非就是文具、扇子和香料等。这也是当时内务府商人业务上的一个特点。

对于薛蟠跟随张德辉去南方做生意的请求,薛姨妈很是犹豫,但是薛宝钗说:"他既说的名正言顺,妈就打谅着丢了八百一千银子,竟交与他试一试。横竖有伙计们帮着,也未必好意思哄骗他的。"这八百一千两银子是什么概念呢?大观园举办螃蟹宴花了二十多两银子,刘姥姥就在那里念佛,说这够庄稼人过一年的了,薛蟠拿去"试一试"的本金,够刘姥姥一家过四十多年了。从这里来看,薛家的口气很大,这么多银子说扔就扔,可见他们家是多有钱。

薛家的旁支也都是经商的,薛蝌、薛宝琴是一对亲兄妹,他们家各处都有买卖,所以他们俩跟着父亲到处游走。薛宝琴还说自己八岁的时候跟父亲到西海沿子上买洋货等等。所以,薛家这个家族的人应该都是以官商为业。

到了第十三回,薛家的实力就进一步展现出来。秦可卿死了,薛蟠向贾珍主动贡献了一块极好的樯木棺材板子,贾珍就问多少钱,薛蟠笑着说:"拿一千两银子来,只怕也没处买去。什么价不价,赏他们几两工钱就是了。"从这里不仅能看出来薛家的财大气粗,而且这句话也侧面说明薛家经营的生意有许多都是与皇家有关的。

除了做皇家生意，薛家也有面向民间的生意。第七十七回，王熙凤生病需要人参入药，但贾府到处都找不到一枝可用的，薛宝钗这时候就说，自己家的铺子常和参行做交易，不如就让薛蟠托个伙计去参行兑二两原枝的好参。

薛家的"铺子"指的是当铺，在第五十七回，薛宝钗家的当铺之一"恒舒典"正式出场。邢夫人的侄女邢岫烟虽然已经和薛蝌定亲，但是因为太穷去当了衣服，被细心的薛宝钗发现了，两个人聊了一场，结果薛宝钗就知道邢岫烟是把衣服当给了自己家的当铺——鼓楼西大街的"恒舒典"。宝钗还开玩笑说："这闹在一家去了。伙计们倘或知道了，好说'人没过来，衣裳先过来'了。"因为邢岫烟这个时候已经和薛蝌定了亲，在薛家的铺子典当衣服，不就相当于先把自己的衣裳送到了薛家，再从薛家支银子吗？所以邢岫烟听到之后也羞红了脸，心想：原来是他家的本钱。

这件事也透露出薛家生意范围之大，当铺就是他们在京城经营的业务之一。《红楼梦》里几乎各色人等都在当东西，因为古代没有信用卡，如果那时的人临时急用银子又凑不出来，他们就得靠典当这样的方式来借贷，所以薛家的当铺，其实就相当于放贷的银行。

总之，世代皇商的薛家的主要经济来源是各地的买卖和京城的生意，其中最重要的生意就是当铺。

金玉良缘

椒榇橘邑人之
举於白雲山房

不僧天數不神仙之畫
人情室通学
驚未秋月揚花道人

金玉相逢

在支持"金玉良缘"的人看来,贾宝玉的通灵宝玉和薛宝钗的金锁,就像是一对订婚信物。按照一般小说的写法,它们的相遇肯定会引起一番命定般的情感纠葛,但曹雪芹偏偏不这样写。他并没有为这对"金玉"设定天作之合的前缘,恰恰相反,没有信物为证的宝玉与黛玉之间才有着一段前世今生的缘分。第八回中的金玉相逢,其实是与第三回中的宝黛初见对照来写,以此来表现金玉良缘与木石前盟的对称关系。

第三回中,作者对宝黛初见是正面描写,详细叙述了他们"倒像在那里见过一般"的相认场景,而到了第四回宝钗入府的时候,作者就只是笼统叙述宝钗在府中与诸姐妹做伴,一直到第八回才正面写到贾宝玉与薛宝钗的"金玉相逢"。其实早在周瑞家的送宫花的时候,她提起薛宝钗身体不大好,贾宝玉就已经想来探望,但当时他正在黛玉身边,顾及黛玉的感受,不好马上抽身前往,所以也推说身上不大好,让茜雪代替他去看望。到了第八回,贾宝玉在一个无所事事的中午,又惦记起宝钗的身体,于是他拐进了梨香院,小说中的第一次"金玉相逢"的场景才出现在读者的眼前。

随后的这个场景中,作者写了宝玉和宝钗的许多动作。宝玉来到里间门前,先是看到了"半旧的红软帘",这是他第一次停顿;他掀开帘子迈步进去,又看到宝钗坐在炕头上做针线,然后他第二次停顿下来,将宝钗的容貌、穿着细细地看在眼里。

此时的宝钗穿着"半新不旧"的间色衣裳,简简单单地挽着一个家常的纂儿,坐在炕上做针线,这让她整个人都看起来有种平易近人的柔和,而且她不施粉黛,"唇不点而红,眉不画而翠",反而有种"任是无情也动人"的美丽。

小说人物的第一次亮相是非常重要的,所有的衣着、装饰、动作都是构成这个人物形象的要素,在这里作者便给薛宝钗定下了一个整体评价:"罕言寡语,人谓藏愚;安分随时,自云守拙。"

此处甲戌本中有一句评语说"这方是宝卿正传",因为此前书中虽然出现了薛宝钗这样一个名字,但还没有正面写过宝钗的样子;还提醒我们要与前面黛玉进贾府时的那段"小传"对照参看,会发现她们"各不相犯"。脂砚斋说的"小传"指的就是第三回中"两弯似蹙非蹙罥烟眉,一双似泣非泣含露目"那一段描写,相比黛玉容貌的烟云模糊、宛若神仙,宝钗的容貌是低调又蕴藉的。

接下来,宝钗的目光也在宝玉身上停顿了一下,在一瞬间将他的样貌印在了眼底。前文已经通过许多人的眼睛写过宝玉年画娃娃一般的打扮,在这里,宝玉衣着的秋香色和宝钗衣着的蜜合

少年读红楼梦

金玉相逢

色也构成了协调的画面色彩，而宝钗眼中真正的重点，其实就是最后提到的那块"落草时衔下来的宝玉"。"落草衔玉"是这块玉的来历，而不是它的外在特征，这说明薛宝钗对于贾宝玉这块玉的神奇来历早有耳闻，而且深记于心。果然，薛宝钗看到玉后，便说："成日家说你的这玉，究竟未曾细细的赏鉴，我今儿倒要瞧瞧。"而且还主动挪近前来。

在金玉初见时，薛宝钗就表现得像一个大姐姐一样，行止大方，丝毫没有因为那个"金玉良缘"的传闻而扭捏。此前宝黛初见的时候，是宝玉主动问黛玉有没有玉，黛玉一方面对这类金玉物件并不感兴趣，另一方面她在处理与宝玉的关系时，她不仅仅不会主动，在初来乍到时，还显得很拘谨，这其实与宝钗差别是很大的——在宝、黛、钗三人之中，宝钗往往是主动的一方，这也符合她作为姐姐的人物设定。

书中围绕着贾宝玉的这块通灵宝玉，宝、黛初见时发生的事件是宝玉砸玉，金玉相逢时发生的事件则是宝钗问玉，两个事件的对举，从一开始就强调了"木石前盟"与"金玉良缘"在内质上的区别。贾宝玉在第一次见到林黛玉时便砸了一回玉，这说明"二玉"的相逢重点在于证明前缘，奇珍异宝在宝、黛这段关系中并不重要；而作者在描写宝钗初次正面亮相的情景时用了大量篇幅写问玉、看金锁，说明"金""玉"是将宝钗与宝玉联系在一起的必要因素。

总之,"金玉"与"木石"之辨是贯穿全书的一条草蛇灰线,这种对照不是简单的非黑即白的对立,而是像甲戌本眉批中所说的"有隐有见、有正有闰""空谷传声、一击两鸣"。我们通过作者对金玉相逢情节的处理,可以迅速地认识到金玉良缘与木石前盟的不同性质,以及薛宝钗、林黛玉不同的人物性格,而作者的这种处理,从一开始就为宝玉与宝钗、黛玉的关系定下了基调。

当事人的意见

从薛宝钗随母亲入京开始,"金玉良缘"就在贾府中成了一个不胫而走的传闻。这处情节的设定历来颇有争议,薛宝钗为什么会主动向贾宝玉提出看通灵宝玉呢?她是不是从进贾府开始就盘算着与贾宝玉结为"金玉良缘"呢?其实在金玉相逢这件事上,薛宝钗远没有如此计谋深远。

"金玉"的最初相逢,是由宝钗作为主动方促成的,但是她在整件事中的态度始终是淡淡的，没有任何逾矩或者尴尬的举动，而那个推动着"金玉良缘"浮出水面的，是宝钗的婢女莺儿。

薛宝钗看了通灵宝玉上面写着的"莫失莫忘，仙寿恒昌"，若有所思地念了两遍，忽然回头向自己的贴身丫鬟莺儿笑道："你不去倒茶，也在这里发呆作什么？"而莺儿闻言也没有去倒茶，反而笑嘻嘻地接道："我听这两句话，倒像和姑娘的项圈上的两句话是一对儿。"薛宝钗和莺儿在这里的反应都很奇怪，她们像在唱双簧一般，引出了薛宝钗的金项圈。甲戌本的眉批也认为这主仆二人的言行简直是太有言外之意了，所以打趣说"恨颦儿不早来听此数语，若使彼闻之，不知又有何等妙论趣语以悦我等心臆"。

莺儿的这句提示果然引起了宝玉的注意，宝玉听了忙笑道："原来姐姐那项圈上也有八个字，我也赏鉴赏鉴。"这恰恰说明贾宝玉是真的不在意宝钗的这个项圈，此前都不知道有这件东西的存在，更不知道上面还刻着什么字。但这时被莺儿提起之后，贾宝玉出于礼貌也不得不要来鉴赏了，而且他一向对这些奇异的物件也有着相当大的兴趣，因此当宝钗拒绝了之后，他还继续央求，最后宝钗是在"缠不过"的情况下，才掏出自己的那只金锁。

薛宝钗的金锁挂在一串"珠宝晶莹黄金灿烂的璎珞"上。璎珞是一种颈饰，后来才叫项圈，佛教塑像上是有璎珞的，上面有七宝，是一种很繁复贵重的装饰。但是我们注意薛宝钗在这里的动作，她是"解了排扣，从里面大红袄上"将璎珞"掏将出来"。作者在《红楼梦》中写到的事物纷繁复杂，并不是因为作者要炫耀自己的学问，而是它们在表现人物性格、推进情节发展方面都有着特殊的作用。薛宝钗的金锁也是这样。它虽然挂在繁复的璎珞上，但平时都是被佩戴在衣服里层，一般不对外示人。薛宝钗还解释说，"也是个人给了两句吉利话儿，所以錾上了，叫天天带着；不然，沉甸甸的有什么趣儿。"甲戌本夹批说："一句骂死天下浓妆艳饰富贵中之脂妖粉怪。"薛宝钗说的这句话所体现的与她的性格关键词"藏愚守拙"是一致的。

贾宝玉看了宝钗的金锁，把上面镌着的"不离不弃，芳龄永继"这八个字念了两遍，又把自己那块玉上的文字念了两遍，因笑道："姐姐这八个字倒真与我的是一对。"看到宝玉有所回应，小侍女莺儿连忙补充说："是个癞头和尚送的，他说必须錾在金器上——"莺儿就差直接把"金玉良缘"这个词说出来了。但宝钗不等她说完，让她赶紧去倒茶，紧接着便转换了话题，问宝玉从哪里来，开始与宝玉话起家常。

作者写"金莺微露意"这个情节应当是参考了传统才子佳人戏曲的写法，莺儿的角色就类似于戏曲中的红娘。但曹雪芹在《红楼梦》中对于才子佳人传统写法的突破，就在于金玉相逢并没有撮合一段好姻缘，反而在当事人那里就被放下了，无论是贾宝玉还是薛宝钗，后来都没有再提起过金玉相逢的事情。

在"金玉良缘"这件事上,一开始的局面,是贾宝玉在明,薛宝钗在暗,人人皆知宝玉有玉,但只有薛家人自己知道宝钗的金锁。关于宝钗和宝玉之间的这段"金玉良缘",在第二十八回中还被正面提过一次。小说中,薛姨妈对王夫人说:"金锁是个和尚给的,等日后有玉的方可结为婚姻。"薛宝钗听了母亲这话之后,就总是"远着"宝玉。薛姨妈口中的"玉"并非如贾琏随身佩戴的"汉玉九龙珮"式的玉,无疑直指宝玉的"通灵宝玉",可见传播"金玉良缘"消息的并非薛宝钗本人,而是薛姨妈。

从薛宝钗的态度来看,她在进入贾府之前对"金玉良缘"这件事就有所在意,这种在意应该是缘于家中长辈的强调,薛宝钗个人的价值观念是绝对不会允许自己做出什么出格的举动的。而贾宝玉则完全不知道此事的存在,他也只把宝钗的金锁当作一件新鲜的物件,完全没有想到将来的婚配之事。

《红楼梦》中的人物是不断成长的,在金玉相逢的这个时候,宝玉也还是个小孩子,第五回中就说到他是"视姊妹弟兄皆出一意,并无亲疏远近之别。其中因与黛玉同随贾母一处坐卧,故略比别个姊妹熟惯些",此时他还没有经历此后一系列"以情悟道"的波折,也还不懂得爱情的含义。我们看看贾宝玉在金玉相逢时的反应:这时候他似乎除了稍显吃惊外,也并未特别在意,仿佛在说——就算是金与玉是一对,那又如何?这就像他看到元妃给自己和宝钗一模一样的端午节礼时感到大惑不解一样,因为按照宝玉儿时的思考逻辑，无论是血缘关系、相处时间还是性格喜好，黛玉才是与他最亲近的人。

在金玉相逢时，当事人贾宝玉、薛宝钗始终都没有表现出热切的态度，但是，"金"与"玉"的相逢就像是一个当事人无心、旁听者有意的魔咒一样，掀起了层层涟漪，也就此埋下《红楼梦》中"金玉"与"木石"之争这条重要的伏线。

"金玉良缘"只是看上去很美

第八回的回目名叫作"比通灵金莺微露意"，什么叫作"比通灵"呢？就是对比通灵宝玉与金锁上的文字。而"微露意"的意思则是指透露出"金玉良缘"之意。但其实，通过对比，金锁与通灵宝玉并非完全能够配上对。薛宝钗的金锁上只有"不离不弃，芳龄永继"这两句"吉谶"，而没有通灵宝玉上所说的那三种功能，也就是说，薛宝钗的这只金锁实际上只能和通灵宝玉的正面文字凑成一对，而没有核心灵魂的配对，这一点与"金玉良缘"的走向也是对应的。

因为有宝钗的主动提议，读者也终于有了机会第一次看到那块传说中的"通灵宝玉"的样子：

> 宝钗托于掌上，只见大如雀卵，灿若明霞，莹润如酥，五色花纹缠护。这就是大荒山中青埂峰下的那块顽石的幻相。

这里将玉的体、色、质、文都交代清楚了，而且作者还补注了这块玉的来历——顽石幻相。

接下来，薛宝钗就开始读玉上的文字。借着薛宝钗的眼睛，我们看到这块玉上的文字，玉的正面写着"通灵宝玉""莫失莫忘，仙寿恒昌"，背面是三行注文"一除邪祟、二疗冤疾、三知祸福"。

看到"除邪祟"三个字，有没有觉得很熟悉？"通灵宝玉"的这些功能后来在小说里都是有所体现的。比如在第二十五回中，贾宝玉和王熙凤被马道婆诅咒，后来是一僧一道拿着这块玉持诵，恢复了它"除邪祟"的灵验功能，才治好了他们的病。在前八十回中没有写到的"疗冤疾""知祸福"，在佚稿之中这两个功能应当也会有所体现。

贾宝玉的玉带有神话色彩，但薛宝钗的金锁却完全是属于人间的。薛宝钗的金锁上面也有八个字，分别刻在金锁的两面："不离不弃，芳龄永继。"

贾宝玉看到这八个字之后，笑说"姐姐这八个字倒真与我的是一对"。其实薛宝钗金锁上的文字只是与通灵宝玉正面的八个字对应上了，但却没有通灵宝玉背面镌着的那三行标示着其特殊功能的文字，也就是说，玉确实可以"通灵"，但金锁却仅仅代表人间的祝愿。

关于通灵宝玉和金锁上的字，清代评点家张新之认为："其文'不离不弃'，虽有助'莫失莫忘'之旨，而惧其离弃之意已在言外。此作者状钗之心事即以伏宝玉之终离弃也。"通灵宝玉和金锁上的文字连起来，其实预示了这段金玉良缘凄凉的未来。作者在《红楼梦》中总喜欢反写这些福祸应验，既然说了"莫失莫忘"，那么以后肯定是会丢失、会遗忘；金锁上的"不离不弃"，也预示着最后她一定会走向相反的结局，经历与丈夫贾宝玉的离别与遗弃。

这层意思在第八回看玉之后那首属于"石兄"的定场诗中也有所透露：

> 女娲炼石已荒唐，又向荒唐演大荒。
> 失去幽灵真境界，幻来亲就臭皮囊。
> 好知运败金无彩，堪叹时乖玉不光。
> 白骨如山忘姓氏，无非公子与红妆。

这首诗嘲笑石头下凡后失去了它的本真，还用"臭皮囊"一词来形容它的化身贾宝玉。诗的三、四联其实是在写宝、黛、钗三人的归宿。甲戌本在第三联的旁边有一条侧批说："又夹入宝钗，不是虚图对得工。二语虽粗，本是真情，然此等诗只宜如此，为天下儿女一哭。"这句正是在写宝钗和宝玉之间的这段"金玉良缘"。石头这时候还完全不知道自己将来的命运，在场的宝钗与宝玉也都不知道此后的"运败""时乖"会导致"金无彩""玉不光"，这是对于"悲金悼玉"这个主题的又一次提示。

诗的末句"白骨如山忘姓氏，无非公子与红妆"，则可以理解为是在写贾宝玉与林黛玉最终的归宿。贾宝玉最后见证了白骨如山般的死亡，死者中便有他曾经牵念的少女。从宝玉多次砸玉的行为来看，他最后反抗"金玉良缘"的方式，很可能是主动丢弃了这块通灵宝玉。尘世的贾宝玉走上出家的道路，而那块可以通灵的宝玉也会回到青埂峰下，重新成为一块顽石。

在这曾经刻骨铭心的恋爱和那看似天作之合的婚姻中，没有人是幸福的，金玉良缘与木石前盟最终都会落空。

"冷"与"热"的矛盾

关于薛宝钗对贾宝玉的感情，曹雪芹写得很隐晦，因为就薛宝钗"冷中藏热"的人物性格而言，她会将自己的感情隐藏于礼仪之下，而不可能像林黛玉那样如泣如诉地表达自己的情感。

刚住进贾府的时候，薛宝钗对"金玉良缘"的暗示比较留心，但她不会因为这件事而打破自己合乎礼仪教化的行事规范。因此，她对"金玉良缘"的在意，总是以曲折隐晦的方式，在不期然间流露出一二分，这些细微的举动十分耐人寻味。比如，在第八回中，贾宝玉去探望她，她主动提出要看宝玉的玉，而且拿过去以后，还将那玉上所写的"莫失莫忘，仙寿恒昌"八个字念了两遍。"念了两遍"是一个重要的提示，她的丫鬟莺儿马上意识到这与宝钗金锁上的"不离不弃，芳龄永继"是一对，所以立刻接道："倒像和姑娘的项圈上的两句话是一对儿。"宝玉一听便来了劲儿，提出要看金锁。"金玉良缘"这个传闻从此就被悄然带了出来。但是从始至终，宝钗都没有亲自提起过这个说法，她在"比通灵"的过程中，行为举止是自然又大方的。

因为"金玉良缘"传闻的存在，也因为母亲对王夫人等人提起过自己佩戴着一个和尚给的金锁，"等日后有玉的方可结为婚姻"，所以宝钗有意"总远着宝玉"。

但是，面对涉及"金玉良缘"的一些间接暗示，薛宝钗的表现又充满矛盾。元妃省亲之后，大观园诸人收到元春的礼物，只有宝玉和宝钗的礼物是一样的，对这样的好事，她不但没有感到欣喜，反而是"心里越发没意思起来"，还为宝玉没有来纠缠她感到庆幸，心想"幸亏宝玉被一个林黛玉缠绵住了，心心念念只记挂着林黛玉，并不理论这事"。但是元春所送的那串红麝串，薛宝钗还是戴在了手臂上，还让宝玉看了。宝玉看到宝钗雪白的酥臂，又想起"金玉"一事来。所以，这段情节写出了宝钗微妙的心理活动，她之前说的几乎都是反话，"金玉良缘"不仅是潜藏在大观园中的一个传闻，也是宝钗心中始终在意的一件事。

第二十九回中，贾府在清虚观打醮之时，张道士的道友并徒子徒孙给宝玉的贺礼中有一只金麒麟。贾母看到金麒麟，问哪家孩子还有一个，宝钗答，湘云有一个，比这个小些。探春夸宝钗记性好，黛玉却冷笑道："他在别的上还有限，惟有这些人带的东西上越发留心。"宝钗听了，也没有说话，只是回头装作没有听见。黛玉的讥讽对宝钗来说委实有些"冤枉"，因为对人情练达的宝钗而言，观察早已成为一种本能，她平时留心的事情远不止金麒麟这一件饰物，而是对贾府上下的人、事都留心在意，方能在为人处事上处处妥帖周全。这个细节是颇有意味的。以宝钗的细心敏锐、处处留心，那她对贾府中人尽皆知的"金玉良缘"之说，是不可能毫不知情的。

从实际行为来看，虽然宝钗对宝玉的态度总是淡淡的，但她却没有真的远离宝玉，在很多关键时刻她都不离其左右，这些行为也反映出她对宝玉复杂的情感。在第三十六回中，宝钗去怡红院寻宝玉，宝玉正躺在床上睡午觉，袭人坐在床边绣着肚兜，看到那个白绫红里的兜肚上面是鸳鸯戏莲的花样，宝钗不禁夸道："好鲜亮活计！"在袭人离开后"不由的拿起针来，替他代刺"。鸳鸯是爱情的象征，肚兜是宝玉的贴身衣物，这一点袭人也是告诉了宝钗的，宝钗这番"明知故犯"的行为，隐约流露出她的一些情感。紧接着，黛玉与湘云相约来与袭人道喜，隔着纱窗往里一看，"只见宝玉穿着银红纱衫子，随便睡着在床上，宝钗坐在身旁做针线"，这简直就是平时小夫妻过日子的景象。黛玉看到以后就笑了，因为一贯以稳重端方示人的薛宝钗，出现在一个如此暧昧的场景中，这不能不说是一种讽刺。湘云也要笑的时候，忽然想起宝钗素日待她厚道，便忙掩住口，拉着黛玉离开，去寻袭人。林黛玉心下明白，冷笑了两声，只得随她走了。二人走后，书中接着写道：

这里宝钗只刚做了两三个花瓣，忽见宝玉在梦中喊骂说："和尚道士的话如何信得？什么是金玉姻缘，我

少年读红楼梦

金玉相逢

偏说是木石姻缘！"薛宝钗听了这话，不觉怔了。

这几句梦话对宝钗是一个很大的刺激。宝钗天资聪慧，"金玉姻缘""木石姻缘"这样的梦中痴话，她即便不能完全明白所指，也会悟到其中藏有的玄机，所以听后才"不觉怔了"。

听到宝玉梦中喊话以后，宝钗似乎更加谨慎了。宝钗是一个非常矛盾的个体，她的内在和外在很不同，充满了欲念与守序之间的矛盾。宝钗对"金玉良缘"是在意的，但绝不会因为个人的感情而做出什么突破礼仪道德底线的举动。当薛蟠与她吵架时说出"我早知道你的心了。从先妈和我说，你这金要拣有玉的才可正配，你留了心，见宝玉有那劳什骨子，你自然如今行动护着他"，宝钗听后被薛蟠这番话气得哭起来，因为这相当于认定她对宝玉有了私情，这对她来说是非常大的侮辱。她是有操守的，这种儿女私情在过去无异于"男盗女娼"，而宝钗对自己的道德要求，就像是她诗里面写的那样："珍重芳姿昼掩门。"薛宝钗对生活的态度是务实的，对情感的态度是传统的，因此即使有感情的流露，也从来不会作非分的幻想，更不会主动去追求贾宝玉。

薛宝钗在大观园中有一个属于她自己的成长过程，这个过程类似于一个儒者的成人之路，这也注定了她和以"情"为务的宝、黛不会是一路人。就像服用"冷香丸"来压制体内的"热毒"一样，面对冷与热的矛盾，宝钗会选择把自己的"热"藏起来，这也就意味着她要放弃很多本真的追求，以理性超绝的面目来对待世事。

红楼诗文

咏白海棠

珍重芳姿昼掩门，自携手瓮灌苔盆①。

胭脂洗出秋阶影，冰雪招来露砌②魂。

淡极始知花更艳，愁多焉得玉无痕？

欲偿白帝③宜清洁，不语婷婷④日又昏。

注释

① 手瓮：可提携的盛水的陶器。
② 露砌：带着露水的台阶边缘。
③ 白帝：传说中五方天帝之一的西方天帝，管辖秋事。
④ 婷婷：美好的样子。

译文

珍视花容的人在白天也将门关上，提着盛水的陶器亲自给长满青苔的花盆浇水。

刚浇上水的白海棠就像洗去胭脂的美人，在秋日的台阶上映出了美丽的身影；又好像在那洒满露水的台阶上招来洁白晶莹的冰雪做她的精魂。

　　清淡到极点才显出海棠花格外鲜艳，愁思太多怎能使花朵没有露珠泪痕？

　　白海棠愿以其清洁之身回报自然，她亭亭玉立，默然不语，迎来了又一个黄昏。

"宫花"是薛宝钗选秀女失败从皇宫中带出来的吗?

有人认为宫花是宝钗选秀女落选后从宫中带回来的,其实不然,宫花应该是薛家采买来的,是仿照宫中样式制作的纱堆绢花首饰。

周瑞家的送的宫花是薛姨妈给的。在第七回中,周瑞家的把刘姥姥送走,便回房来向王夫人汇报工作。但是王夫人却不在自己的上房,周瑞家的找了一圈,最后打听到原来王夫人是去梨香院找自己的妹妹——薛姨妈说话去了。周瑞家的进了梨香院,轻轻掀开屋帘,看到王夫人和薛姨妈姐妹俩正在说家务事和人情关系。周瑞家的作为王夫人的陪房,办事是很老到的,她怕惊动了王夫人,于是就进里间去和薛宝钗说话。在她临走的时候,薛姨妈就拿出了那盒宫花。十二支宫花装在一只小锦盒中,薛姨妈介绍说:"这是宫里头的新鲜样法,拿纱堆的花儿十二支。"

薛家是负责为宫中采买物品的皇商,当时凡是什么东西带了

"宫"字，它的市场价值马上就被抬高了。在《红楼梦》里还有反复出现的宫锻、宫绸、上用纱、内造点心等，它们的名字都暗示这些是按照最高标准生产出来的物品。

在封建社会，嫔妃们吃、穿、住、用所需物品无不有专人制作，甚至有很多东西是按照宫中的秘方制作的，也有的是由专门的生产单位"御制"的，在市面上根本买不到。比如织造衙门专管各机户为宫中织造绸缎，织工会在绸缎上织上自己的姓名"臣某某织"，为这件货品负责。曹雪芹的曾祖曹玺、祖父曹寅曾任江宁织造，曹寅的妻兄李煦为苏州织造。雍正最开始找曹家的麻烦，就是从这些进贡的衣物布匹上入手，指摘自己的衣服质量下降、曹家的差当得不好。

宫廷中还需要大量的工艺品，需要专人到民间找高手匠人做成样子，送进宫里经过御览，获得认可后，再下令大批制造。薛姨妈拿出来的宫花就属于这种工艺品。薛家是皇商，这应该是他们采买呈贡的物品，是仿照宫中的款式专门制作的纱堆花儿。薛家的生意做得很大，宫花只是其中的一项，薛姨妈说这些花儿"白放着可惜了儿的"，因为那个年代纱制品放置久了很容易褪色，于是就让周瑞家的分给姊妹们佩戴。

宫花有很多种，有绢做的，有绫做的，也有绒花、通草花做的，薛姨妈拿出来的是纱堆的。据87版电视剧《红楼梦》的顾问邓云乡先生回忆，他就见过母亲辈摆放那种纱堆的粉月季、深玫红刮绒月季，即使扎在真月季盆中也绝对分不出真假来；这些花朵还能千变万化，可以合拢成含苞待放，也可以扭成全部盛放的样子。

别看宫花小小一件，但它的需求量是非常大的，因为那个年代不论男、女都爱簪花，还喜欢簪鲜花以应节候，但鲜花容易枯萎，所以日常生活中人们常戴绢、纱、绫等纺织物制作的假花。根据当时官方的定价，这种宫花每对5~6分银子。在当时，一个士兵买一对宫花要花去自己半个多月的工资。

总而言之，薛姨妈送给贾府女孩子们佩戴的"宫花"和薛宝钗选秀女并没有直接的关系，这个特殊的物件的出现主要是在反映薛家的皇商身份。

当铺生意为何能助薛家成为富商巨贾？

除了为皇家采买以外，当铺是薛家经营的主要生意。在清代，当铺是最能牟利的生意之一，能与之比肩的可能只有依靠垄断的盐业了。没有垄断资本，仍然能够坐拥"一本万利"的高利润，是因为当铺做的是以钱生钱的生意，它的利润主要源于利息和银钱差价两方面。

利息方面，我们看电视剧可能会有一种误解，以为当铺会把价钱压得很低，比如电视剧《大宅门》中的当铺，就把好端端的一件皮袄说成虫叮鼠咬、光板没毛来压低价格。其实，当铺的主要目的并不是低价收旧货，它的运作本质是抵押贷款，盈利方式是挣利息钱。只要拿来当的东西是值钱的，要的价钱也差不太多，买卖就成了。大多数情况下，顾客还是要来赎回东西的，这一当、一赎之间，就会产生利息，一开始价格压得太低的话，就没有太多利息赚了。

利钱大概是多少呢？在曹雪芹那个时代，北京以外地区的月利大概是二分半，京城高一些，是月利三分，这是《大清律例》规定的最高利率。我们可以简单算一下，按照这种利息比例，在京城如果当出十两银子来，过五个月来赎回，就要还一两五的利钱，这个贷款利息是非常高的。

另一方面，当铺的盈利还依靠银钱兑换方面的霸王条款。比如，当的时候明明给的是铜钱，却要以银两为单位来计价，这样再来赎的时候，就是按照银子而不是铜钱来算，因为铜钱会贬值，而银子不会，甚至会增值，这对典当者就很不公平了。总之就是，无论如何开当铺的人永远不会亏。

正因为当铺是利润非常高的买卖，所以清代很多的官员都争破头去开当铺，比如纳兰明珠、噶礼家都做过当铺生意，曹雪芹的家族也有人曾开过一家本银七千两的当铺，但这放在清代官员开的当铺中，体量算是比较小的。乾隆初年，整个京城有六七百家大小当铺，其中内务府官当就有二十六家。乾隆皇帝的首席大学士福长安在嘉庆在位的时候被抄家，抄出来当铺三家、房屋一百七十八间。他的当铺是用十几万两银子开起来的，资本非常雄厚。

清代最有名的贪腐官员当属和珅了，他的产业中便有很多当铺。他倒台的时候，清廷列出了二十条罪责，其中有说他家衣物等件数逾千万；夹墙藏金二万六千余两，私库藏金六千余两，地窖内藏银两百余万两；说他在京城附近的通州、蓟州均有当铺钱店，查计资本又不下十余万两。根据统计，和珅有当铺七十五家，本银三千万两，银号、古玩铺也有几十家，他的总体财富估计在一亿数千万两银子至二亿数千万两银子之间。

　　所以，能经营当铺生意，这本身就说明了薛家财力雄厚，因为要开当铺需要有非常充足的本金，而且还要有"门路"。正规的当铺是要官府批准的，每年要向官府交税。当然，也有一些未经官府批准的当铺，是一些小押当，生意没有那么大，有点类似私人高利贷。薛家作为皇商，做当铺生意显然是有官方认证的，所以才能把生意做大，把当铺开在鼓楼大街那样的核心地段。

　　在《红楼梦》中，薛家的当铺生意蒸蒸日上，而贾家却频繁典当东西，这就形成了一种很大的反差。在贾家日渐亏空的情况下，家中有百万之富的薛家就像是一座巨大的金山，如果能促成贾宝玉和薛宝钗的金玉良缘，那就相当于贾家这座正在融化的冰山靠上了薛家这座金山，这桩为家族续命的"联姻"当然是非常划算的。而父母过世，家里遗产也逐渐花光的林黛玉，在这一点上就非常吃亏了。《红楼梦》中隐藏的这些经济问题，是宝、黛、钗三人不得不面对的现实问题，在某种程度上也决定了三人的婚姻走向。

宝钗扑蝶

一反常态的"扑蝶"

"宝钗扑蝶"这个情节篇幅不大,却是一个很关键的情节。因为在其他地方,作者写薛宝钗多是通过第三人称视角来写的,读者几乎看不到宝钗内心的所思所想,从宝钗偶尔说出的那些"场面话"中,我们也看不到她作为少女的一面,而"扑蝶"一事给了我们一个了解宝钗的新角度。

宝钗扑蝶的时间背景是芒种节。这一天对于大观园中的女孩子们来说是非常欢乐的,闺中的女儿们都早早起来,聚在一起依古俗为花神饯行。宝钗见黛玉迟迟未至,便要去潇湘馆找她,而且宝钗在说这事时用的动词是"闹",要"闹了他来",可见,此时的宝钗是带着一种异于平时的欢快心情去寻黛玉的。

薛宝钗并没有在潇湘馆找到黛玉。当宝钗来到潇湘馆门口的时候,正好宝玉进去了,她想到宝、黛二人自小亲密,为避嫌疑,便抽身回来另寻他人。就在这时,宝钗看到面前飞过"一双"玉色蝴蝶,大如团扇,一上一下迎风翩跹。接下来的这一段描写并不长,往往也并不受读者关注,它却是书中非常罕见的文字。

"扑蝶"这个行为对于薛宝钗的"人设"来说就很反常。这段文字罕见地写出了宝钗心中的悸动、举止间的轻盈。薛宝钗看到那一双蝴蝶，先是在心中感到"十分有趣"，意欲扑了来玩耍，"遂向袖中取出扇子来，向草地下来扑"，然后又"蹑手蹑脚"地追随着蝴蝶穿花度柳，一直来到池中的滴翠亭上，直到"香汗淋漓，娇喘细细"才罢休。

在《红楼梦》中，薛宝钗给人的总体印象是持重守礼，是一个端庄稳重的淑女，她怎么会走着走着路跑去扑蝶呢？对此，脂砚斋也有批文反问道：

可是一味知书识礼女夫子行止？

在清代的小说传统中，有一种"女夫子"式的人物类型，她们以学识才情、道德文章压过一众男子，而且还致力于在相夫教子的过程中鼓吹科举的好处。这些形容听起来是不是在某种程度上与薛宝钗十分相似？

然而，曹雪芹就是有意要打破这种创作传统，他在《红楼梦》中要塑造的典型人物是立体的、有着自身成长历程的，薛宝钗并不是真的"女夫子"，她在全书中的关键词除了"藏愚守拙"以外，还有"冷中藏热"，"扑蝶"这个情节就是为了展现薛宝钗内心那份属于少女的鲜活灵动而有意设计的。

"宝钗扑蝶"的情节也融入了闺阁文学的文化积淀，这个场面是非常符合中国古代文学对闺阁女子的描绘的。苏轼写过"扑

少年读红楼梦

金玉相逢

蝶西园随伴走。花落花开，渐解相思瘦"，严仁的《鹧鸪天》中写到"多病春来事事慵，偶因扑蝶到庭中"。扑蝶也是闺中女子闲暇时常常进行的活动，"仕女扑蝶"是中国传统绘画的经典题材。前代的诗、词、画都可以视作"宝钗扑蝶"这个情节的"美学指导"。扑蝶从来都是与闺中少女的闲暇生活、闺怨情思联系在一起的。

曹雪芹将这些文化传统融合起来描写薛宝钗，既是对传统写法的突破，也是在暗示读者，薛宝钗本也是一个鲜活、生动的女子，切不可简单地理解这个人物。

宝钗"嫁祸"黛玉事件

"宝钗扑蝶"这个情节中争议最大的部分，就是薛宝钗究竟有没有陷害林黛玉。

宝钗扑蝶那部分内容的回目名叫作"滴翠亭杨妃戏彩蝶"，但实际上"滴翠亭"并不是宝钗扑蝶的发生地点，而是说她扑蝶的行迹是到滴翠亭而止。宝钗追着蝴蝶走了一路，不知不觉地跟到了滴翠亭。这是一座建在池中的亭子，"四面俱是游廊曲桥"，且"四面雕镂槅子糊着纸"，可以说是私密性非常好。

宝钗扑蝶未得，正准备回去的时候，忽然听到亭中有人说话，原来是宝玉的丫鬟红玉和坠儿在讨论贾芸送来的一块手帕。薛宝钗自然是不愿意蹚这趟浑水的，她想躲开，但已经来不及了，因为坠儿和红玉突然担心起外面有人偷听，马上就要把窗槅子都推开来。宝钗看自己躲不及，便心想要"使个'金蝉脱壳'的法子"。于是她故意放重了脚步，笑着叫道："颦儿，我看你往那里藏！"而且还有鼻子有眼地编出一篇话来，反问她们二人把林姑娘藏在哪里了，说刚才还在河那边看着林姑娘在这里蹲着弄水儿的，一面说一面故意走进那亭子去寻了一寻，然后马上就抽身离开了。

这个地方历来争议很大，有一些读者认为，薛宝钗心思也太歹毒了，她为了转移这两个丫鬟的注意力，竟将被怀疑"偷听"之事嫁祸给了林黛玉，仿佛在说：这件事和我无关，你们要恨就去恨黛玉吧。但也有另一些读者认为，薛宝钗明明是要让那两个丫鬟放心，既然笑着问她们把林姑娘藏到哪里去了，说明自己本就没有看见林黛玉，两个小丫鬟当然也知道林黛玉不在这里；又说在河那边看着林姑娘在这里蹲着弄水，提示她们林黛玉刚才也不在这边，而是在专心玩水，也听不到她们在亭子里说什么话，所以借林黛玉来遮掩，这完全是与人为善、洁身自好。

其实，薛宝钗当时面临的情况很紧急，她是没有什么更好的选择的。就宝钗所处的这个圈子而言，她首先不能"嫁祸"给宝玉，因为男女授受不亲，何况她还背负着一个金玉良缘的传闻；而在贾府"三春"里，迎春懦弱、惜春冷僻，最是无法承担下人猜度，而探春则是遇事必然会伸张出来的性格；李纨则基本很少私下单独出来，更不可能和薛宝钗单独玩在一处。在这种紧急情况下，宝钗能想到的最合适的人只能是林黛玉。

　　在《红楼梦》中，林黛玉不止一次被当作挡箭牌，甚至有时候连贾宝玉都拿林黛玉当借口来遮掩一些事。比如第五十八回中"藕官烧纸"一段，宝玉为了替触犯贾府禁忌的藕官开脱罪责，便说是"林妹妹叫他来烧那烂字纸的"，后来婆子要用"林姑娘叫了去了"这样的借口去给奶奶们回话，宝玉也是点头应允了的。因为在贾府众人中，林黛玉既是"宠儿"又是"孤儿"，相当于是一块众人都管不到的空白地带，因此一些棘手的事情，一旦涉及林黛玉，便到此为至，无人再往下追究了。滴翠亭一事也是如此，这件事情后来再也没有任何风声，天长日久之后也便不了了之了。

　　从薛宝钗、林黛玉、红玉这三者之间的关系来看，她们之间巨大的阶级差距也是"嫁祸"一说不成立的理由。红玉听到林黛玉的名字之后，只是担心林黛玉"走露了风声"，她当时的心理反应主要是对身败名裂、被逐出贾府的恐惧，而她根本没有、也不敢表现出愤恨，更不用说要去泄愤、报复，因为红玉和林黛玉的地位有着天壤之别，在这件事上，红玉完全是一个被支配者。

　　林黛玉在无意之中成了许多人"金蝉脱壳"的借口。她一开始是贾府中最受宠爱的亲戚，旁人口中的这些借口和流言并不会对她造成实际的伤害。但是到了后期，林黛玉从父亲那里继承来的银子被贾府花完，贾府希望通过联姻寻求新的转机时，阖府上下对于林黛玉的态度便有了微妙的变化，这些长期以来积攒下来的流言就纷纷冒出头来，让黛玉最终陷于"风刀霜剑严相逼"的处境。在"宝钗扑蝶"这一回中，当宝钗说到"遇见蛇，咬一口也罢了"时，清代的张新之有一条旁批说"即卿即蛇，终必被咬"，其实，宝钗并不是故意攀咬黛玉的毒蛇，作者写这个情节是为了表现宝钗的机敏，而不是要把她写成奸诈小人。

人情练达即文章

　　对于薛宝钗在滴翠亭"金蝉脱壳"这段情节中的表现，脂砚斋的批语几乎全是赞美之词。从脂砚斋的批语来看，薛宝钗的这一番举动放在曹雪芹创作《红楼梦》的时代背景中考虑、在同时代读者的眼中，都是正常且正面的。而曹雪芹也用了一番精巧的笔墨来描写宝钗"金蝉脱壳"的过程，可谓是用机智之笔写机敏之事。

当看到薛宝钗故意放重脚步让红玉发现时，脂砚斋评点说"闺中弱女机变，如此之便，如此之急"；当宝钗故意问到黛玉在何处时，他说"像极！好煞，妙煞！焉得不拍案叫绝"；当宝钗顺利脱险之后又说"真弄婴儿，轻便如此，即余至此，亦要发笑"。同时在该回回末的总评里也说"池边戏蝶"是"偶尔适兴"，"亭外金蝉"更是"急智脱壳"，并且指出这些都是在"明写宝钗非拘拘然一女夫子"。

从听到两个丫鬟的对话开始，宝钗就已经显露出她平日里观察事物有多么细心。她能凭借声音就辨别出这个说话的丫鬟是宝玉房里的红玉，要知道，这个丫鬟是怡红院的二线丫鬟，书中曾经专门写过王熙凤和贾宝玉问她叫什么名字，全府的大总管王熙凤不认得，贾宝玉也不熟悉，但以亲戚身份客居贾府的薛宝钗竟然凭声音就认出这个小角色，而且还说她"素昔眼空心大""是个头等刁钻古怪东西"，可见薛宝钗平时对贾府众人的观察是多么细致。懂得认人、识人、用人，是一个商人家孩子的基本素养。

宝钗"金蝉脱壳"是非常机敏的，她用了三个故意为之的动作，一步一步打消了坠儿和红玉的猜疑。第一个故意是为了先声制人，趁着两个丫鬟还没有推开窗子的时候，就"故意放重了脚步"，让她们知道外面有人正主动赶来，而不是偷听被撞破；第二个故意是声东击西，趁着两个丫鬟还没有反应过来，她便喊着颦儿的名字"故意往前赶"，让她们以为自己是真的急着寻找林黛玉；第三个故意则是以进为退，宝钗问完话之后，"故意进去寻了一寻"，这是为能够顺利"金蝉脱壳"做准备，这样当她转身离开的时候，红玉已经吓得魂不守舍了，也顾不上怀疑宝钗言行的真假了。

果不其然，薛宝钗装作寻找林黛玉的时候，这两个丫鬟立刻怔在原地，而且她们还把这件事被宝钗、黛玉听去后后果的严重程度做了个对比，说"若是宝姑娘听见，还倒罢了。林姑娘嘴里又爱刻薄人，心里又细，他一听见了，倘或走露了风声，怎么样呢？"。薛宝钗仿佛丢给了她们一个大炸弹，弄得她们手足无措。

薛宝钗从这个"修罗场"中脱身之后，心中是长舒一口气，书中写她是"心中又好笑：这件事算遮过去了"。所谓的"遮"，就是断定不但事情没有闹大，而且两个小丫鬟也没有怀疑自己，自己急中生智用"金蝉脱壳"之法骗过了这两个小丫鬟，所以才好笑起来。由此来看，黛玉后来说自己曾怀疑宝钗"心里藏奸"也并非是无中生有，很多场合下，薛宝钗的沉默并不是表示心中真的毫无芥蒂，而是她在凭借着她理性的判断、缜密的头脑和极为迅速的应变能力来选择最适合当时氛围的言行方式。

在滴翠亭一事中，薛宝钗所面临的完全是偶然的、突发的情况。扑蝶是偶然的举动，偷听也是偶然的撞破，"金蝉脱壳"更是偶然的应对，曹雪芹写薛宝钗在滴翠亭的这番表现，完全符合"急中生智""金蝉脱壳"这两个评价。从这样两句看似简单又牵扯深远、看似漏洞百出却偏偏被当事人深信的托词中，薛宝钗这个人物性格的复杂性已经跃然纸上。在重重叠叠的影像中，人们选择自己在意的那些部分，就会解读出无数个各不相同的薛宝钗来。其实，让读者通过滴翠亭一事看出薛宝钗是好人还是坏人，并非是曹雪芹写这样一段情节的用意，他是要让读者领会到这个少女的人情练达、心思曲折之处。

红楼诗文

忆菊

怅望西风抱闷思,蓼红苇白断肠时。

空篱旧圃秋无迹,瘦月清霜梦有知。

念念心随归雁远,寥寥①坐听晚砧②痴。

谁怜我为黄花③病,慰语重阳会有期。

注释

① 寥寥：寂寞空虚的样子。
② 砧：捣衣石。
③ 黄花：菊花。

译文

在秋风中我惆怅遥望心中愁闷无限,正值这水蓼开红花芦苇扬白絮的断肠之时。

往日的花圃里空有篱笆而秋花已无踪无迹，只有在寂冷清寒的霜月之夜你才进入梦中。

面对着南归远去的飞雁我不禁把你怀念，寂寞无聊啊直听那捣衣声呆坐到深夜。

有谁可怜我为凋残的菊花相忆成疾病，告慰的是来年的重阳节相逢会有期。

红楼内外

金玉相逢

宝钗扑蝶、黛玉葬花为什么都是在芒种节？

宝钗扑蝶、黛玉葬花是展现钗、黛性格内质的关键情节，这两个情节有着特定的时空背景。第二十七回中，文中首先给出了一个明确的时间点："四月二十六日""芒种节"。芒种节并不是一个现实中实有的节日，曹雪芹采用了移花接木的手法，将江南花朝节的民俗活动嫁接到了芒种节这一天，让扑蝶与葬花的活动具有了植根于民俗传统的"潜台词"。

按照书中的介绍，芒种节这天的主要活动是"祭饯花神"。这一天大观园中诸艳毕至，举办饯花会。闺中的女儿们早早地便梳洗完毕，"或用花瓣柳枝编成轿马的"，"或用绫锦纱罗叠成干旄旌幢的"，用彩线系在园中的树木花枝之上，作为饯别花神的礼物。

关于这个节日民俗在现实生活中是否真实存在是存疑的，连脂砚斋也没有听过，说"无论事之有无，看去有理"，但是饯花神、扑蝶、葬花这些民俗事项在现实中是确实存在过的，它们其实指向的是另外一个节日——花朝节。

花朝节是一个古老的节日，又名"花神节""女儿节"，在江南一带二月十二日这天被称为"花神生日"，每到这一天，闺中的女子们便会剪五彩笺与红绳来祈福。在《红楼梦》中，林黛玉的生日正是在二月十二日花朝节这一天，曹雪芹其实是有意将黛玉作为群芳花神来塑造的。宋代杨万里在《诚斋诗话》中说，"东京（今开封）二月十二日花朝，为扑蝶会。"所以宝钗扑蝶、黛玉葬花，本都是参照花朝节这个节日中的民俗活动设定的。

但是，曹雪芹将这些民俗活动从实有的花朝节移到了虚构的芒种节，这就很值得玩味了。按照书中的说法，芒种节这一天之后便到了夏日，"众花皆卸，花神退位"，因此要同它们饯行，脂砚斋说"践花日不论其典与不典，只取其韵耳"，意思是取芒种节饯别群芳的韵致。在中国传统的节气系统中，芒种时节已经是仲夏了，春日的和暖气息已经悄然远去，马上就要进入全年最热的季节。正是因为在春夏之交、暖热相济的这个时刻，薛宝钗做出"香汗淋漓"的扑蝶举动才显得合情合理，而此日过后百花凋零，这一天也应该是林黛玉在一年中最后一次葬花。暮春葬花就有着很深的文学意味。南北朝时期的庾信就写过一首《瘗(yì)花铭》，"瘗"就是埋葬的意思，南宋词人吴文英在他的《风入松》中还提到过这篇名作，"听风听雨过清明，愁草瘗花铭"，说的就是过了清明，就到了葬花的季节。

　　花朝节本是百花初绽的日子，它的节日意义本是赏红、迎春，而芒种节则是百花开放的尾声，其意义在于饯花、送春。民俗节日的融合与错位，将象征着旺盛生命力的活动，设置在了一个象征着送别的时间，其中便带有了盛极而衰的意味。在这样一个日子中，宝钗扑蝶、黛玉葬花都具有强烈的反差意味，一向谨慎的宝钗难得地展露出少女的灵动，作为花神的黛玉在此日送别群芳，这些活动本身就具有更深一层的象征意义。她们是在相同的时间、不同的空间当中，进行了一次象征着群芳命运的活动。

可叹停机德

"宝钗百科"

宝钗特别博学，常被今天的读者称为"宝钗百科"。薛宝钗出身于"书香继世"之家，祖父也是藏书家，因此从小不管什么种类的书都会找来读。宝钗的学问根植于从小在儒商之家受到的开放式文化教育。

首先，薛宝钗与贾府的几位孙女一样，自幼都修习四书五经，而清代的蒙童教育中，对这些儒学经典的学习其实是参考着朱熹的注解来学的。因此在探春理家的过程中，宝钗就拿朱熹的《不自弃文》作例子与探春讨论理家之道。当探春惊讶于一根枯草、一个破荷叶都值钱的时候，从小耳濡目染经济事务的宝钗说：

> 真真膏粱纨绮之谈。虽是千金小姐，原不知这事，但你们都念过书识字的，竟没看见朱夫子有一篇《不自弃文》不成？

探春拒绝讨论朱子这篇文章，认为不过是勉人自励的文章；而宝钗的态度是，朱子乃至孔孟所讲的道是可以落实于现实经济的。宝钗说："天下没有不可用的东西；既可用，便值钱。"她用这种积极的态度来面对这次有着"补天"意义的大观园改革工程。当李纨抱怨她俩聊起了学问、不聊正事，宝钗又说：

> 学问中便是正事。此刻于小事上用学问一提，那小事越发作高一层了。不拿学问提着，便都流入市俗去了。

她这是在提醒探春，所有的利禄之事背后还有需要遵守的"道"。

除了儒家经典以外，宝钗的知识宝库中还包含许多其他门类的知识。她还懂得诗歌、戏曲、禅宗、医学、绘画等，迎春爱读的《太上感应篇》，她也能够与之讨论。在第四十二回中，她跟林黛玉讲起自己从小受的家庭教育：

> 我们家也算是个读书人家，祖父手里也爱藏书。先时人口多，姊妹弟兄都在一处，都怕看正经书。弟兄们也有爱诗的，也有爱词的，诸如这些"西厢""琵琶"以及"元人百种"，无所不有。

所谓的"西厢""琵琶""元人百种"都是戏曲的文本，宝钗虽然将这些都称作移人性情的"杂书"，但她在这方面的知识却比宝、黛二人更多。第二十二回中，当宝玉嫌弃《鲁智深醉闹五台山》这种热闹戏的时候，宝钗为他讲解了这出戏的"词藻"之妙：

> 是一套北《点绛唇》，铿锵顿挫，韵律不用说是好的了；只那词藻中有一支《寄生草》，填的极妙，你何曾知道。

宝玉连忙央求宝钗念给他听，听完开心到"拍膝画圈，称赏不已"，还连声称赞宝钗"无书不知"。可见，贾府众人虽然经常听戏，却没有认真读过戏曲的文本，所以连贾宝玉这种杂学旁收的人，都不知道常看的戏中竟然有这么好的文字；而这些，是宝钗早在幼年时便已经拥有的阅读体验。

薛宝钗不仅懂得书本上的知识，连艺术上的事情也无所不通。第四十二回中，惜春为画大观园一事而苦恼，众人都打趣她画得慢、借故向诗社请假，只有薛宝钗细细地向众人分析了画山水楼台与画写意的区别，还为她开列了一张详细的画材单子。这些作画的细节别说大观园中众人不懂，就连承担着作画任务的惜春都不知道该买什么画器。当林黛玉看到画材中提到"生姜二两，酱半斤"，便开玩笑说："我替你要铁锅来，好炒颜色吃的。"宝钗向她解释道："你那里知道。那粗色碟子保不住不上火烤，不拿姜汁子和酱预先抹在底子上烤过了，一经了火是要炸的。"宝钗不仅知道作画的原理、步骤和其中的困难，还知道作画时的用具有什么讲究。这些知识储备既有她作为商人女儿见多识广的原因，也说明她自小读书要比宝、黛二人更加"杂学旁收"。

明清时期，随着商品经济的发展，中国的图书版刻与图书贸易也在迅速发展，市面上甚至出现了许多"商业书"。这些书类似于今天的百科全书，从天文、地理、朝代、职官到各地的风俗、语言、物产、医药，无所不包。薛宝钗正是在这种环境中成长起来的，虽然她在思想上认同传统的儒家文化，但是她的知识却远比传统闺秀广博得多。

以父亲的去世为界限，薛宝钗对待知识的态度发生过一次很大的转变。小说第四回中写到，宝钗的父亲在世时"酷爱此女"，在教她读书识字的事情上花费的心思比对待她哥哥薛蟠还多十倍。但是父亲死后，宝钗看到哥哥不能体贴母亲，于是就不再以读书习字为主要任务了，只留心于针黹家计等事，好为母亲分忧解劳。这种早年的家世经历，使得薛宝钗很早就走出了那个"乱花渐欲迷人眼"的知识世界，主动走入了儒家的道学传统之中，归顺于仕途经济之路。这种对待知识的态度，也是宝钗主动"以冷藏热"的性格表现。

在大观园中生活的宝钗，只在偶然间展露出知识的广博，她更在意的是如何将书中学到的道理运用在生活之中。探春在理家的过程中，只是完成了"破"的工作，而"立"的工作实际上是由宝钗完成的。宝钗的知识学问中，融合了儒、释、道三家的精髓。她曾经辛辣地讽刺那些读了书却完全不懂道理的男性：

> 男人们读书不明理，尚且不如不读书的好……男人们读书明理，辅国治民，这便好了。只是如今并不听见

有这样的人，读了书倒更坏了。这是书误了他，可惜他也把书糟踏了，所以竟不如耕种买卖，倒没有什么大害处。

由此可见，薛宝钗看待世事的眼光是非常犀利的，她会思考如何用读书得来的学问过好日常生活。

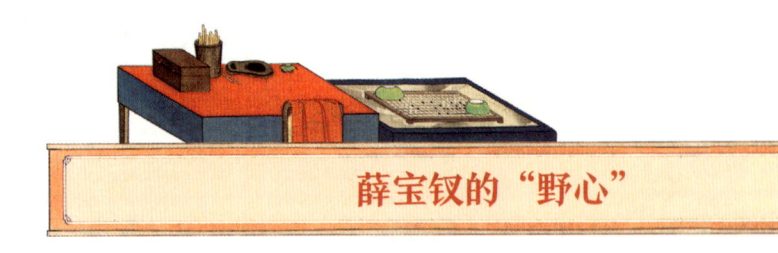

薛宝钗的"野心"

宝钗所填的柳絮词中，有一句"好风频借力，送我上青云"。到底是什么意思，一直以来都有不少分歧，有人认为这是宝钗要往上爬的意思；有人说这是宝钗想要离开人间的烦恼，在青云之上拥有自由。如果回到小说中对薛宝钗的描写，这种在诗歌中表达出来的进取之意，也从另一面展现了她对诗歌和学问的态度。

我们不妨先客观地看一下宝钗和诗词的关系。宝钗对诗词的兴趣和热爱是有限的，因为在她看来，写诗并非学问，也不是女孩子该钻研的事情。她对林黛玉说过的："就连作诗写字等事，这不是你我分内之事，究竟也不是男人分内之事。"香菱学诗时，没昼没夜地和湘云高谈阔论。宝钗在一旁说她们"实在聒噪的受不得了"，又笑她们说："一个女孩儿家，只管拿着诗作正经事讲起来，叫有学问的人听了，反笑话说不守本分的。"宝钗本身是很有学问的，写诗根本难不倒她，但是她平时没事的时候是不会自己写诗的，一般只写一些应酬之作，因为在宝钗的心中，作诗是无益于世用的。

其次，再来看填柳絮词的这次活动。这次结社的发起人是史湘云。湘云看见暮春的柳絮，作了一首《如梦令》，其中说到春光的短暂，这首词的内容隐喻了她此后幸福婚姻生活的短暂。但此时湘云对自己的未来浑然不知，很得意地把这首词拿给黛玉看，黛玉说"新鲜有趣"，接下来她们就"以柳絮为题，限各色小调"，举办了一次主题填词活动。

在这次活动中，宝钗的词是最后登场的，在她之前有探春的《南柯子》、黛玉的《唐多令》、宝琴的《西江月》，无不暗示了大观园女儿们各自最终的命运。这时《红楼梦》的整体氛围已经透露出一丝悲凉不安，众人所作的柳絮词也都是在描写聚散无常的悲伤。宝钗将这种哀伤的氛围看在眼里，她在最后出场，是要为这次结社的悲伤"翻案"的。

宝钗选用的词牌是《临江仙》，这首词写尽了她的处世态度和气象：

少年读红楼梦

金玉相逢

> 白玉堂前春解舞，东风卷得均匀。蜂团蝶阵乱纷纷。几曾随逝水，岂必委芳尘。万缕千丝终不改，任他随聚随分。韶华休笑本无根，好风频借力，送我上青云！

众人读完，拍案叫绝，因为她为"柳絮"这个一向凄凉的意象做了翻案。这首词表达了宝钗超群的理性，在大观园最终陷入一片"蜂团蝶阵乱纷纷"的景象时，她没有随波逐流，没有与逝水、尘土一样卷入沟渠，而是去了青云之端。这个"青云"不是指名位很高的地方，而是空寂之地。另外，值得注意的是"几曾随逝水，岂必委芳尘"这一句，是对那种如同柳絮一般无力掌控自己命运的悲伤意念的反驳。这里的"芳尘"一词不是第一次出现，上文已经说过，宝钗抽中的花签上的诗句出自罗隐的《牡丹花》，其中就有"芙蓉何处避芳尘"一句。而林黛玉抽中的是芙蓉花签，这也就很明确地预示着宝钗、黛玉的命运。

薛宝钗崇尚儒学，尤其是朱熹的学说。她重视朱熹的《不自弃文》，这篇文章的主旨是人只有在自我放弃的情况下才会变得无用于世，所以遇到被人不理解、被人放弃的情况，不应该自怨自艾，而应该努力自救。薛宝钗对自己的人生要求正是如此，她虽不能像男子那样"治国平天下"，但也要"修身""齐家"，要"于身不弃，于人无愧，祖父不失其贻谋，子孙不沦于困辱"。

从宝钗平时的表现来看，她确实也有维护和发展家业的谋略，对家族有一份主动的责任感和担当意识。在父亲去世、哥哥难堪重用的情况下，她主动放弃了自己作为年轻女子应有的新鲜衣着和艺术追求，常陪伴在母亲身侧，以勤俭务实为己任。宝钗对命运很少有抱怨之语，她虽然顺应着这个世界为她铺展开来的道路，但从来不会放弃自己能够施展作为的机会。这种"不自弃"的精神，是让宝钗写出"好风频借力，送我上青云"这样的诗句的内在动力。

总之，对于薛宝钗，我们不能轻易下断语，她的性格表现统一但层次丰富，蕴含着丰富的儒家理想和人格特色。读者从文学作品中能读出怎样的内容来，映照的其实是自己的内心，在品读薛宝钗这个人物时，每个人的收获也必然是不尽相同的。

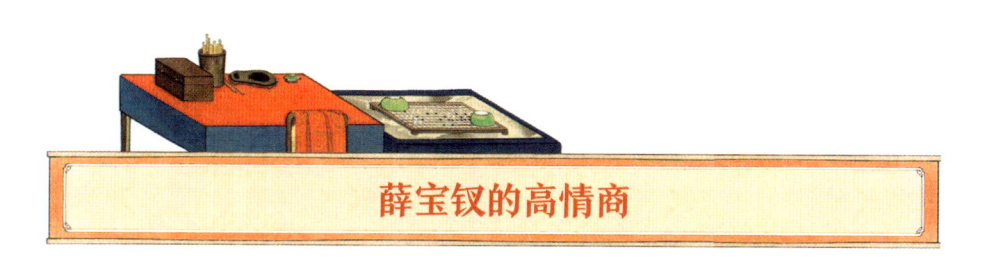

薛宝钗的高情商

薛宝钗受到王夫人的重用有两方面的原因，一是因为薛家作为皇商，能够为家道中落的贾府带来实际的利益；二是因为薛宝钗滴水不漏的行事风格，能帮助王夫人打点好方方面面的事情，维护她在贾府中"面慈心善"的形象。

王夫人是薛宝钗的姨母,作为外甥女的宝钗进入贾府之后便时常去王夫人处请安,而且她很早就将自己这位姨母的性格看在眼中,经常能够给予贴切的安慰。第三十二回写到王夫人的丫鬟金钏儿投井死了,宝钗闻讯,忙赶去安慰王夫人。到了王夫人的住处,宝钗发现这里鸦雀无声,只有王夫人独自坐在房中垂泪。宝钗也不说自己为什么事而来,只是乖顺地回复着王夫人的家常闲话,直到王夫人向她哭诉道:"你可知道一桩奇事?金钏儿忽然投井死了!"宝钗这时仍然不说自己已提前闻讯的事情,只是问道:"怎么好好的投井?这也奇了。"于是王夫人就解释,是因为金钏弄坏了东西,自己打了她两下,说气话撵了她,本来还想过两天再叫她回来的。宝钗这时候用一种感叹的口吻说道:

> 姨娘是慈善人,固然这么想。据我看来,他并不是赌气投井。多半他下去住着,或是在井跟前憨顽,失了脚掉下去的。他在上头拘束惯了,这一出去,自然要到各处去顽顽逛逛,岂有这样大气的理!纵然有这样大气,也不过是个糊涂人,也不为可惜。

宝钗这里的一番话,首先是给了王夫人为自己开脱的机会,然后又在情感态度上给了王夫人支持,说因为她是"慈善人"所以才会愧疚,接着又具体分析了金钏投井的原因,可能是自己贪玩失足跌下去的，也就相当于在说，于情于理，这件事都和王夫人没有关系。倘若只是安慰尚且显得空虚，宝钗随后还贡献了自己的两套旧衣服，让王夫人拿去给金钏做丧葬的妆裹，而且还表了态，说自己并不忌讳这些事情。

宝钗对王夫人的体贴关怀总是按照这样的模式，先在心理上安慰，然后在实际行动上给予支持，可谓是滴水不漏。薛宝钗与王夫人之间的这种相处模式在后来的"采买人参"一事上又被详细地描写了一遍。

在第七十七回中，王熙凤久病不愈，需要上等的人参来配药，但此时贾府已经基本被掏空了，家中剩下的人参要么是陈年剩下的，早就过了有效期，要么是一些残须碎末。这个时候，王夫人心里是非常不舒服的，她听了之后"低头不语，半日才说：'这可没法了，只好去买二两来罢。'"。王夫人为什么犹豫了一会儿才说去买呢？因为人参是非常贵的，书中写到是要"三十换"，这是人参界的行话，意思是人参的价格相当于人参重量三十倍的白银。

这时薛宝钗说"如今外头卖的人参都没好的。虽有一枝全的，他们也必截做两三段，镶嵌上芦泡须枝，掺匀了好卖，看不得粗细"，然后提议说让自己的哥哥薛蟠托伙计亲自去参行，兑二两"未作的原枝好参"。王夫人听了这话，立刻应允。宝钗去了半日，回来说已经遣人去买了，"赶晚就有回信。明日一早去配也不迟"。

在王夫人感叹说自己需要用时反而到处求人的时候，宝钗还说："这东西虽然值钱，究竟不过是药，原该济众散人才是。咱们比不得那没见世面的人家，得了这个，就珍藏密敛的。"

这一次买人参的事件中，薛宝钗的言辞和行动可谓是教科书级别的。她首先告诉王夫人自己家的铺子常和参行交易，三言两语就透露出她对这些交易细节的熟悉，提出了非常实际的解决方案；在得到首肯之后，她立刻亲自去料理，事情有所推进的时候，便及时向王夫人汇报进度，说明每一个步骤确切完成的时间；在解了燃眉之急之后，还时刻体贴对方的感受，不让王夫人觉得自己这个外人看透了贾府的根底，即使对贾府短缺亏空的现状心知肚明，仍然说我们是富贵之家、是见过世面的人家，所以才不稀罕珍藏这些。

薛宝钗能得到王夫人的重用，一方面是因为她这种滴水不漏的处事方式非常契合王夫人这种没有太多管理才能、又比较在意面子的长辈的需求；另一方面也是因为薛家能够为贾府带来实际的利益。薛家是负责采买的皇商，在经济往来上是最有门路的，尤其是在贾府家道中落、日渐亏空的情况下，有"百万之富"的薛家对贾府来说无异于一座金山。所以，如果能让薛宝钗和贾宝玉结为"金玉良缘"，在当时的境况下是非常划算的。

薛宝钗的生存之道

大观园是青春的乐园，但也是一个复杂的小社会，其间充满了各群体之间的矛盾冲突，不仅有仆妇之间的冲突，还有嫡庶、妯娌、亲戚姊妹之间的冲突。"藏愚守拙"的薛宝钗生活在这样的环境中，仍然能够游刃有余或抽身事外，在关键时刻还能有所作为，正是得益于她的处世智慧。

面对宝、黛之间的矛盾，薛宝钗往往采取"避"与"隐"的态度。比如第三十五回贾母夸赞薛宝钗说"从我们家四个女孩儿算起，全不如宝丫头"，本来期待着贾母夸赞黛玉的宝玉，听到贾母反而夸起宝钗，便看着宝钗一笑，而宝钗早扭过头和袭人说话去了。她面对这些宠辱的态度，总是如此淡然。

嫡庶矛盾是大观园中暗伏着的一条导火索，赵姨娘和贾环时不时会显露出对宝玉等人的嫉恨，而宝钗却经常陪着贾环玩，可以看出，她能够主动缓和嫡庶之间的矛盾争端。如在第二十回中，贾环与宝钗的丫鬟莺儿玩牌输了，便闹起脾气来，还说"我拿什么比宝玉呢。你们怕他，都和他好，都欺负我不是太太养的"，宝钗听完就用一种姐姐的口吻温和地唤他"好兄弟"，劝他"快别说这话，人家笑话你"。后来薛宝钗给大观园中众人送东西，也没有忘记贾环的一份，而且是"挨门儿送到"，因此连赵姨娘都夸"怨不得别人都说那宝丫头好，会做人，很大方"，"并不遗漏一处，也不露出谁薄谁厚"，这种一碗水端平的处事风格，也是薛宝钗在大观园中的生存之道。

书中对薛宝钗调节矛盾的水平最为集中的一处描写，是在探春理家一节。当时因凤姐小产不能理事，王夫人便将家中事务托付李纨、探春，还特意请来宝钗帮忙协助理家，并谆谆嘱咐了宝钗许多话，相当于给她布置了一次任务，言明请她协助理家的主要目标是"别弄出大事来"，主要要提防"老婆子们……吃酒斗牌"的事情，还让宝钗要时时向自己汇报，以防"老太太问出来，我没话回"。这一番话中，王夫人等于把自己的弱点、整个贾府的弱点都向宝钗剖白了，也证明此时宝钗已经基本取得了王夫人的信任。在这一次理家"实习"中，宝钗交出了让王夫人满意的答卷。

接受王夫人的嘱托之后，宝钗便暂时改变了原来"不干己事不张口，一问摇头三不知"的处事方式，尽职尽责地投入到这份工作当中：

宝钗便一日在上房监察，至王夫人回方散。每于夜间针线暇时，临寝之先，坐了小轿带领园中上夜人等各处巡察一次。

这种朝乾夕惕①的工作态度，与凤姐起初协理宁国府时如出一辙。但是宝钗内在的理家思想却与凤姐有着很大的区别。她对贾府经济的改革，不是通过惩罚等法家方式，而是用儒家提倡的"道"来重新整理经济体中人与人的关系。

受到王夫人的托付，薛宝钗在这次理家过程中负责的主要工作就是调节仆妇之间的矛盾，而她想到的方法是以小惠全大体，让大观园中的仆人、佃户阶层同样享有经济所得。

当时探春主要负责"破"的工作，蠲(juān)免了许多额外的支出，还想出了一个"承包责任制"的办法，让大观园中的婆子们承包一种经济作物，收取租金，增加收入。对这个办法，宝钗也十分赞同，她还帮助平儿算了一笔账："一年四百，二年八百两，取租的钱房子也能看得了几间，薄地也可添几亩。"这是商业经营中常用的利滚利方式。

这种方法虽然能够为贾府节省开支，但是必然会引起既得利益者的反对。宝钗此时就承担起了"立"的工作，在节省的基础上，提醒他们要识大体，要无为，不要过度与民争利。宝钗强调要给这些辛苦劳作的仆妇分红：

> 虽然还有富馀的，但他们既辛苦闹一年，也要叫他们剩些，贴补贴补自家。虽是兴利节用为纲，然亦不可

---

① 朝乾夕惕：成语，出自《周易·乾》，指终日勤奋，不敢懈怠。

少年读红楼梦

金玉相逢

> 太啬。纵再省上二三百银子，失了大体统也不像。

薛宝钗的提议，常涉及贾府的"大体统"。这个"大体统"一方面是指贾府的日常消费习惯，另一方面是指宽以待下的家风家教。

在宝钗的筹划下，大观园成了一个经济共同体，当差的婆子们也"沾带了些利息"。宝钗说："你们有照顾不到的，他们就替你们照顾了。"众婆子听了这个议论，"又去了账房受辖制，又不与凤姐儿去算帐，一年不过多拿出若干贯钱来，各各欢喜异常"，嘴里还是客套，说怎么好意思之类。抓住这个时机，宝钗向她们提了一些要求，希望她们别再"躲懒纵放人吃酒赌钱"，要明肃纪律。她的话也透着威严和大体："皆因看得你们是三四代的老妈妈，最是循规遵矩的，原该大家齐心，顾些体统。"在一大篇话之后，宝钗还用了一种商量的口气：

> 也不枉替你们筹画进益，既能夺他们之权，生你们之利，岂不能行无为之治，分他们之忧。你们去细想想这话。

这完全是领导替下属着想的口吻，我们可以对比王熙凤在宁国府时的类似言论，两个人说出来的话味道完全不一样。王熙凤的口吻是："你有徇情，经我查出，三四辈子的老脸就顾不成了。"婆子们看到这件事对自己有利可图，而且又不用面对凤姐那样的严苛管理，都备受鼓舞。

　　书中还用一次调整"主要负责人"和"间接负责人"的工作突出了宝钗的公允与细心。当探春和平儿准备将打理香草的活计交给莺儿的娘时，宝钗断然拒绝。因为莺儿是宝钗的贴身丫鬟，这很容易让她这个出主意的人遭受口舌议论，会被认为是她要安排自己人进来。这时候宝钗举荐了怡红院的老叶妈，她是茗烟的娘，和莺儿的娘关系不错，她们之间可以私下帮助，不会猜疑到主事人的身上。从这里就能看出，宝钗对贾府的人事关系何其熟悉，平时是何等心细如发，连仆人之间谁与谁亲厚、谁与谁有矛盾都了然于胸。

　　正是因为宝钗处事能在公允与灵活之间自由转换，所以第五十六回的回目名赋予了宝钗一个"时"字。"时"这个评价源出《孟子·万章章句下》中对孔子的描述：

　　　　伯夷，圣之清者也；伊尹，圣之任者也；柳下惠，圣之和者也；孔子，圣之时者也。

　　这就是在说，孔子处理问题既有原则性，又有灵活性，"可以速而速，可以久而久，可以处而处，可以仕而仕"，不像伯夷、叔齐、柳下惠等人拘泥于一种方式。己卯本的夹批也说："宝钗此等非与凤姐一样，此是随时俯仰，彼则逸才蹈跖也。"薛宝钗是商人之女，她身上不止有封建淑女的普遍特征，还有在商人之家耳濡目染之下培养出的为人处事的方式。宝钗的性格是中正平和的，而她的智慧往往又带有商人敏锐、务实的特点。

　　薛宝钗虽然有调停矛盾的才能，但她始终对自己的亲戚身份有着清醒的认识，协助理家既然是出于王夫人的嘱托，就决定了她必然不会在这个位置上久留。在抄检大观园后，宝钗主动选择离开了大观园。一方面是因为这个地方已经山雨欲来风满楼，另一方面，已经完成了自我成长的薛宝钗，不可能再继续栖息于这个曾经的青春乐园，她还有重要的责任要去承担——陪寡母料理家务，这其实并非借口，因为延续薛家的家业才是宝钗真正要去面对的现实使命。

红楼诗文

灯谜诗

镂檀锲梓^①一层层，岂系良工堆砌成？

虽是半天风雨过，何曾闻得梵铃^②声！

注释

①镂檀锲梓：镂、锲，都是雕刻的意思；檀、梓，指质地优良的木材。

②梵铃：佛寺或塔檐角上悬挂的铜铃。与佛教相关的事物，多加"梵"字。

译文

它看上去像是用檀木、梓木层层叠叠雕刻而成，却并不是良工巧匠的作品。虽然风吹雨打过了很长时间，但是也没有听到它像铜铃那样发出声响。

红楼内外

少年读红楼梦

薛、林二人明明性格相反，为什么有"钗黛合一"的说法？

《金陵十二钗正册》是金陵十二个冠首女子之册，可是里面只有十一幅画、十一首诗，第一页的诗和画包含了黛玉和宝钗两个人。曹雪芹将全书最重要的两个女子的命运合写在同一首判词当中，是因为她们分别代表着中国古代才女文化中的两种特质，并且作者还在《红楼梦》中寄寓了"钗黛合一"的"兼美"理想。

第五回中，贾宝玉在梦中来到太虚幻境，翻开《金陵十二钗正册》，看到的第一页就是林黛玉和薛宝钗二人的判词：

可叹停机德，堪怜咏絮才。玉带林中挂，金簪雪里埋。

双木为"林"，"玉带林"三个字反过来就是林黛玉的名字；雪是"薛"的谐音，金簪即宝钗。

这首判词中提到了两个典故。"停机德"指的是东汉贤妇乐羊子的妻子，而"咏絮才"指的是东晋才女谢道韫。

"停机德"的典故出自《后汉书·列女传》。讲的是乐羊子外出游学，只去了一年就回到家中看望妻子。乐羊子的妻子大惊失色，问丈夫出了什么事。丈夫回答，没有发生什么事，我只是想念家人了。乐羊子的妻子听后立刻拿起刀割断了织机上的布匹，对乐羊子说，你看，辍学就像割断了这布匹一样会前功尽弃。乐羊子听了妻子的话，终于安心求学，后来成就了一番事业。

在中国传统文化中，乐羊子的妻子是有着高尚品德的女性典范，她不仅能够劝勉、警醒丈夫坚守人生道路，而且在丈夫游学期间独撑门庭，这是很不容易的。《红楼梦》用"停机德"这个典故形容薛宝钗，说她是像乐羊子的妻子一般深明大义的女子。薛宝钗也劝过宝玉走仕途经济之路，这个行为曾经被视为封建思想的体现，但这确实是在当时的时代背景下挽救大厦将倾的贾府的唯一的路。

"咏絮才"的典故出自《世说新语》，主角是东晋才女谢道韫。这个著名的故事如今被选入语文课本。讲的是有一天下大雪，谢道韫的叔叔谢安问孩子们："白雪纷纷何所似？"这是在考大家的比喻能力，谢道韫的一位堂兄立刻抢答："撒盐空中差可拟。"而谢道韫悠然神思了一番，答道："未若柳絮因风起。"这个回答得到了谢安的赞扬，从此"咏絮"成了夸奖女子才华的典故。

两相对比，不难发现，宝钗与乐羊子的妻子的"停机德"代表了儒家礼教文化，黛玉和谢道韫的"咏絮才"体现的则是魏晋风度的"越名教而任自然"，这两种价值观刚好是相对立的。"停机德"与"咏絮才"的对比可以上溯到魏晋时期的《世说新语》，其中就说到谢道韫"神情散朗，故有林下风气"，"林下风气"是说谢道韫像竹林七贤这些隐士一样具有魏晋风度，不为世俗所拘。

林黛玉是按照"林下风气"来塑造的，她也是一位像谢道韫一样能吟善咏的诗人。黛玉居住的潇湘馆内种满了森森翠竹，为她营造出一个"竹林之游"的环境。她的人生像竹林七贤、谢道韫一样清醒又孤独，她在诗中写道"孤标傲世偕谁隐"，可谓终其一生都在寻找知己。她教香菱写诗，在选择教材的时候专门提到的陶渊明、谢灵运、阮籍、庾信、鲍照这些前贤，都是魏晋六朝的诗人，说明她欣赏的也是魏晋以来的名士风流。

薛宝钗则是"能安家室"的代表。她能够妥帖地处理上上下下的关系，常能救人困急。比如她对史湘云、邢岫烟等人都曾施以援手；她知识渊博，对经济事务、家中生意也是无所不知；她对待礼法很谨严，提醒林黛玉不要在公开场合说出《西厢记》《牡丹亭》中的句子，因为这对封建社会的闺阁女儿来说是大忌。所以，薛宝钗并不是一个会"心里藏奸"的人，她的人物品格代表的是儒家传统中的温厚有德。

在曹雪芹生活的时代，"林下风气"与"闺房之秀"并举不仅成为一种固定模式，而且这两种类型的女子还总是"联袂登场"，甚至在社会评价标准中，人们也主张这两种品质应当合二为一。乾隆年间有一部大书叫作《石渠宝笈》，其中收有明永乐年间名臣姚广孝的一篇跋文，题在赵孟頫的夫人管道昇画的《碧琅庵图》上，说"天地灵敏之气，钟于闺秀者为奇"，还说管道昇"真闺中之秀，飘飘乎有林下风气者欤"，将这两种代表不同女性之美的特质合二为一，提出既要做"闺中之秀"，也要有"林下风气"，于是就产生了一个评价女性的词——"兼美"。

"兼美"这个词在《红楼梦》中有着重要的地位。第五回宝玉梦游太虚幻境，警幻仙子把自己的妹妹介绍给他，这位女子"鲜艳妩媚，有似乎宝钗，风流袅娜，则又如黛玉"，"乳名兼美字可卿者"。"兼美"一词呼应了判词中的"停机德""咏絮才"，所指向的就是"清心玉映""神情散朗"合二为一的特征。明清时期，用这种"兼美"的形象来塑造"双女主"的才子佳人小说不乏其例。清代还有一部很流行的小说《平山冷燕》也用到这种设计，其中的两位女主角分别叫山黛、冷绛雪，才、美俱在伯仲之间，曹雪芹给自己小说中的女主角起名叫林黛玉、薛宝钗，或许是受到这部小说的影响。

脂批曾说："钗、玉名虽二个，人却一身。"后来，俞平伯先生也提出了"钗黛合一"的观点。表面上看，宝钗崇礼，黛玉尚情，似乎是相互对立的，但实际上两个人身上也各自具有对方的品质和性情，因此在一开始时处处针锋相对、难分高下的钗、黛二人，最终是言归于好、殊途同归的。

判词的后两句"玉带林中挂，金簪雪里埋"是在诉说一种根本性的命运。既是在说一种生不逢时、怀才不遇，也是在说命运的捉弄和爱情婚姻的不幸。小说中处处描绘着林下黛玉和高士宝钗的美好，但最终"兼美"是难以实现的，而才华和贤德的追求也都成了一场幻梦。

《红楼梦》将两个主角写进同一首判词，借鉴了史书中"合传"的传统。比如《史记》中有《屈原贾生列传》《老子韩非子列传》，《汉书》中有《萧何曹参列传》等，将有一定联系的人放在一起进行比较，薛林合传也是同样的设置。

从这种视角来看，我们也无从比较钗、黛之间的优劣，因为她们的品格都是中国传统文化所赞扬、所高标的。无论是乐羊子的妻子还是谢道韫，都契合于《红楼梦》"使闺阁昭传"的标准；作为女子，她们有着比丈夫更为高远的深明大义，而且都有非常壮烈的事迹。乐羊子的妻子在丈夫游学期间，面对闯入家中的盗贼，最终刎颈自杀，以保清白，死后还被太守赐予"贞义"的谥号；谢道韫后来嫁给大书法家王羲之的次子王凝之，在东晋末年的孙恩、卢循之乱中，面对丈夫、儿子都被杀害的惨状，谢道韫临危不惧，与婢女抽刀出门，挺身迎敌，手刃数人。在读《红楼梦》的过程中，我们也看到，宝钗和黛玉身上不仅体现着道德操守和风流才华的对立，还有着共同的女性担当，这也是曹雪芹为二人合传的一个原因所在。

美放春鈌隹日兮
最難風雨故人來

【第二篇】

脂粉英雄王熙凤

凡鸟偏从末世来

脂粉英雄

在《红楼梦》第三回中,我们借着林黛玉的眼睛第一次见到了王熙凤的面容:

> 一双丹凤三角眼,两弯柳叶吊梢眉,身量苗条,体格风骚。粉面含春威不露,丹唇未启笑先闻。

里面提到的"丹凤三角眼""柳叶吊梢眉"好像给人一种来者不善、心思精明的感觉,但是书中还频频提到,王熙凤"模样又极标致",是个"美人胎子"。其实,作者为王熙凤设计这样的形象不是在对标传统意义上的美女,而是为了突出一种英雄的风姿。

在蒙府本[①]中有一条侧批:

> 非如此眼,非如此眉,不得为熙凤。作者读过《麻衣相法》。

---

① 蒙府本:现存《红楼梦》版本之一,系"清王府旧藏本"的简称,图书中有"柒爷王爷"字样又称王府本、脂蒙本。

《麻衣相法》是古代的一本算命书，据说是一位麻衣老僧传授给陈抟(tuán)的。所谓"相法"，就是通过人的五官、相貌推断其命运走向的方法，这在今日看来当然属于迷信。曹雪芹究竟有没有读过这本书，我们尚未可知；但是，借助这套古人熟悉的相法，我们可以回到当时的历史语境中，推测作者想通过人物的外貌描写透露什么样的信息。

结合古人的相法，我们会发现，王熙凤的长相其实是有点"矛盾"的，颇有"半善半恶、半吉半凶"的意味。这也照应着王熙凤作为"正邪两赋之人"的特性。比如王熙凤的眼睛是"丹凤三角眼"，"凤眼"被视为是"聪明超越"的吉相：

凤眼波长贵自成，影光秀气又神清。聪明背慧功名遂，拔萃超群压承英。

这段话的意思是，凤眼既有灵秀之气，又十分提振精神，属于贵人之相，说明这个人是聪明智慧、出类拔萃的人物。但是"三角眼"的意味就不同了，相法中说"眼若三角，狼毒孤刑"，"眼为日月宜圆明，不欲三角相，有如此，其心不善"，是"心毒"的象征。

王熙凤的眉毛是"柳叶吊梢眉"。"柳叶眉"本是一种"主发达"的吉相：

眉粗礼浊浊中清，骨肉情疏生子迟。友交忠信贵人盼，

定须发达远扬名。

但所谓的"吊梢眉"则属于凶相。这种眉形的眉尾仿佛像被吊起来一般，眼尾上翘，眉外梢下垂，预示主人"孤寿"，也就是虽然有钱，但膝下凄凉、没有子息。

综合来看，王熙凤的长相不属于传统意义上的美人，而是带着一股豪迈、飒爽之气。蒙府本侧批对此下了一则断语，说她是"英豪本等"，不免令人联想起枭雄之姿。而且这种相貌吉中带凶，虽然乍见之下给人以聪明机敏、出类拔萃、既富且贵的感觉，但又隐隐有一丝狠毒孤绝的意味。

除了"模样又极标致""美人胎子"这样抽象的评价以外，曹雪芹数次以重彩浓墨精细描写王熙凤的装束形貌，分别从上、中、下三等人物的眼中再现其外形之美，这种描写方式在书中是绝无仅有的。

凤姐在《红楼梦》里的第一次出场是浓墨重彩的。那时林黛玉初到贾府，就感受到了"外祖母家与别家不同"。她面前诸人"个个皆敛声屏气，恭肃严整"，自己也不敢多说一句话、多行一步路，唯恐坏了规矩，被人耻笑。在这样的氛围中，王熙凤被一众丫鬟、媳妇簇拥着向林黛玉走来，未见其人，先闻其声："我来迟了，不曾迎接远客！"黛玉非常纳闷，什么人敢在这样的场合高声喧哗？随后，这个人被一众丫鬟媳妇"围拥着"登场了，而她是那样光彩夺目：

> 彩绣辉煌，恍若神妃仙子。头上戴着金丝八宝攒珠髻，绾着朝阳五凤挂珠钗；项上带着赤金盘螭璎珞圈；裙边系着豆绿宫绦双衡比目玫瑰珮；身上穿着缕金百蝶穿花大红洋缎窄褃袄，外罩五彩刻丝石青银鼠褂；下着翡翠撒花洋绉裙。

作者第二次细致描写凤姐的外貌，则是通过乡村农妇刘姥姥的眼睛。刘姥姥第一次进贾府时，看到的是日常理事时凤姐的样子：

> 那凤姐儿家常带着秋板貂鼠昭君套，围着攒珠勒子，穿着桃红撒花袄，石青刻丝灰鼠披风，大红洋绉银鼠皮裙……

之前的神仙妃子，摇身一变成了雍容、干练的当家少奶奶。这两处互为比照的外貌描写揭示了王熙凤在家中的两种状态，但无论是在哪一种状态下，她作为当家人的精明与利索都极为突出。

王熙凤也很擅长利用着装塑造自己的"人设"。《红楼梦》中还特别写到王熙凤去见"情敌"尤二姐时的穿着。在第六十八回中，尤二姐眼中的王熙凤是另一副打扮：

> 只见头上皆是素白银器，身上月白缎袄，青缎披风，白绫素裙。眉弯柳叶，高吊两梢，目横丹凤，神凝三角。俏丽若三春之桃，清素若九秋之菊。

少年读红楼梦

金玉相逢

因为当时是在守丧期间，所以王熙凤穿得十分素净，以纯白为主的打扮配上青黑色缎面的披风，间以少量月白色作为过渡。这次衣服的配色虽然素淡，但色彩对比是十分鲜明的，神情间流露出的"目横""神凝"之态，也隐隐带有一股不怒自威的肃杀之气。身穿这样一身孝服，表面"俏丽""清素"的王熙凤，心中却深埋着戕害尤二姐的杀机。

小说中对王熙凤的容貌、神态和着装的描写并非闲笔，也暗示着王熙凤的命运。据庚辰本及蒙府本、戚序本三本第二十一回回前总评，在佚稿中有"王熙凤知命强英雄"的回目。在这一回中，王熙凤落入狱神庙，沦为阶下囚，小红、茜雪和刘姥姥都曾去看望她。到那时，或许作者还会安排一次突出今非昔比、英雄末路的服饰描写，只可惜这部分文字我们现在无缘得见了。

勇挑重担

秦可卿去世的时候，王熙凤虽然已经在负责料理荣国府内的一些事务，但她此时还是一个初出茅庐的年轻媳妇。更何况，宁国府中有正经的"管家奶奶"——贾珍的夫人尤氏，秦可卿的丧事原本是轮不到王熙凤来操持的。但由于尤氏的让位，秦可卿的丧事"主理权"最终落到了王熙凤身上。这件事既成为王熙凤理家事业的开端，也成为其权力欲望急速上升的起点。

秦可卿的丧事本应由当家的"大奶奶"尤氏操持。但在这场盛大的丧事中，尤氏却缺席了。书中交代，"尤氏正犯了胃疼旧疾，睡在床上"。有一种说法认为，这一句也是隐笔——是尤氏在表达对贾珍和秦氏荒唐行径的抗议。值得注意的是，秦氏的葬礼有三个人缺席：一是贾珍的父亲贾敬，二是尤氏，三是贾母。个中关系是很微妙的。第五回中，秦可卿第一次出场时，作者曾交代，她是贾母眼中"重孙媳中第一个得意之人"。秦氏生病时，她还不止一次派人去探望。随着秦氏病势逐渐沉重，贾母还曾心疼地说："可是呢，好个孩子，要是有些原故，可不叫人疼死。"然而当秦氏的死讯传来，书中却再无一笔交代贾母的反应。这个曾经"重孙媳中第一个得意之人"，也变成了冷冰冰的"才咽气的人，那里不干净"。贾母态度的微妙转变，以及她在葬礼上的缺席，难免不令人联想到，秦可卿与贾珍的"丑祸"，让她失去了贾母的欢心与尊重。

于是在秦可卿去世的那个晚上，凤姐和宝玉连夜赶到宁国府时，看到的是一片混乱景象："只见府门洞开，两边灯笼照如白昼，乱烘烘人来人往，里面哭声摇山振岳。"这样混乱的局面中，竟无一人出来主事。

这时贾珍在做什么呢？作为宁国府的男主人，在男主外、女主内的封建时代，贾珍亲自打点的是府外事务，比如延请和尚道士做法事，为秦可卿挑选棺木，为贾蓉买官。但他不太方便、也不擅长处理府内事务。书中写到，贾珍"惟恐各诰命①来往，亏了礼数，怕人笑话，因此心中不自在"。

就在贾珍发愁的时候，贾宝玉向他举荐了王熙凤。贾珍听后喜不自禁，立刻拉着宝玉去找凤姐。这时邢夫人、王夫人、凤姐并阖族中的内眷正在宁府中陪着几位亲近的堂客。贾珍和贾宝玉两位外男的到来，唬得众婆娘嗳的一声，往后藏之不迭。而此时，凤姐的表现却与众不同，通身显露着"主角光环"——"独凤姐款款站了起来"。

贾珍开门见山，先向邢夫人要人："怎么屈尊大妹妹一个月，在这里料理料理，我就放心了。"他开口先讨邢夫人的首肯，是因为邢夫人是王熙凤的正经婆婆。但王熙凤嫁入荣国府之后，并不侍奉在邢夫人膝下，而是一直住在荣国府的二房、她的姑母王夫人处，帮忙料理家族事务。因此邢夫人笑说，找王熙凤办事，只要问王夫人就行了。王熙凤的"不事舅姑②"是她日后被休弃的

---

① 诰命：本指皇帝赐爵授官的诏令，在此义同"命妇"，代指受皇帝封赠的贵妇人。
② 舅姑：公婆。

原因之一，这条导火索从此时就已埋下。但此时邢夫人还乐得媳妇不在身边，婆媳之间的矛盾还没有显现出来。

这时反而是王夫人表现得比较担心。她说，王熙凤只是一个"小孩子家"，未经过丧事，怕她料理不清，惹人耻笑。可以看出，此时的凤姐在众人心目中的印象，仍然是一个初出茅庐的年轻媳妇，尚未完全展露出理家的才干，也未树立起堪负重任的威信，长辈们对她管家的态度还是有所保留的。

但贾珍继续苦苦哀求。他为王熙凤打包票，一口咬定她"料理的开"，还给出了十分充足的理由：

> 从小儿大妹妹顽笑着就有杀伐决断，如今出了阁，又在那府里办事，越发历练老成了。

贾珍和凤姐从小相熟，他们本身就有着亲上加亲的关系。因此有学者推断，贾珍的亲生母亲或许也来自王氏家族。在这里，作者借贾珍之口，补上了王熙凤在出嫁之前的生活图景。

凤姐听到有这样的机会，心中早已欢喜起来。这时凤姐已经将荣国府的家务事料理得十分妥帖，但还没有经历过婚丧大事。这等于在她的"从业经历"中，还没有经历过"大考"。如今遇到这样的好机会，她当然不愿轻易放过。凤姐的一段心理活动也令我们看到，这个女性身上的好强、独立与自尊。在这些家族大事中，她自小培养起来的"杀伐决断"有了充分的施展空间，在揽事、办事的过程中，她的价值得到了充分的实现，也十分享受得自其中的成就感和满足感。话说到这种地步，需要当事人表态了。于是凤姐主动出击，恳求王夫人说，"外面的大事"贾珍已经料理清楚，自己只是"里头照管照管"，若遇到什么不知道的事情，再来请教王夫人。王夫人这才默许了凤姐理丧一事。

　　王熙凤能够获得协理宁国府的机会，可谓一波三折。这个事件也包含了很多重要信息：既补充了王熙凤的童年背景，又展露了王熙凤与邢、王两位夫人之间微妙的关系。

万绿丛中一点红

　　王熙凤是一位杰出的治乱之才，协理宁国府是她的第一个"事业高峰期"。书中用了很多笔墨，对凤姐理家的手段进行了一次特写，使凤姐之"威"生动而具体地呈现在读者面前。

　　此时，凤姐刚执掌荣国府不久，心中尚有想要证明自己的强烈进取之心。她思维活跃、头脑敏锐，善于从纷乱琐碎的家务事中迅速理出头绪，找到突破口。凤姐协理宁国府虽然有满足自己权力欲望的私心，但从客观上来说，也确实革除了宁国府的一些积弊。

在贾珍恳切的央求之下，凤姐最终获得了王夫人的许可，领到了宁国府的对牌。送走邢夫人、王夫人之后，她坐在空荡荡的抱厦厅①中，将宁国府的情况暗自分析了一番，概括出五条主要弊病：

头一件是人口混杂，遗失东西；

第二件，事无专责，临期推委；

第三件，需用过费，滥支冒领；

第四件，任无大小，苦乐不均；

第五件，家人豪纵，有脸者不服钤束，无脸者不能上进。

凤姐找出这些弊病可谓抽丝剥茧、直击要害，即使放在当下，也很有对照和借鉴意义，非深谙理家之道、人情练达者不能为也。故而曹雪芹在这一回末尾赞凤姐曰：

金紫万千谁治国，裙钗一二可齐家。

---

① 抱厦厅：指回绕堂屋后面的侧室。

凤姐的理家手段究竟如何呢？第十四回集中描写了她行权宁国府的全过程。首先，在第十四回开篇，作者回到内部视角，从宁国府下人的视角侧写凤姐形象——交代众人对凤姐理事的态度。在宁国府下人眼中，凤姐是"有名的烈货，脸酸心硬，一时恼了，不认人的"，但众人对凤姐上任亦抱有期待："论理，我们里面也须得他来整治整治，都忒不像了。"与王熙凤自身性格的多面性相同，贾府仆从阶层对她所抱有的态度也始终是复杂的：既有怕，也有敬。

让我们来看看王熙凤整治宁国府的手段，这些管理经验即使在今天也很有借鉴价值。上任之前，她先做足功课，索要宁国府的"家口花名册"，提前将宁国府中的人员构成、各方关系谙熟于心。上任当天，她于卯正二刻（相当于早晨六点半）就在宁国府坐定，做的第一件事便是立规矩——推翻既有规则，树立自己在宁国府的绝对权威。她单刀直入地说：

> 再不要说你们"这府里原是这样"的话，如今可要依着我行，错我半点儿，管不得谁是有脸的，谁是没脸的，一例现清白处治。

在立规矩的过程中，她首先以身作则，"不畏勤劳，天天于卯正二刻就过来点卯理事，独在抱厦内起坐，不与众妯娌合群，便有堂客来往，也不迎会"。一个说一不二的当家人的形象就这样树立起来。宁国府经过凤姐的整治，种种陈年乱象得以肃清，变得井然有序起来，书中用了一个词来形容——"威重令行"。

此时，作者所运用的手法也富于变化，从不同侧面刻画人物的形象。除了叙述凤姐繁忙的"日程表"以外，作者还单拎出处理迟到下人一事进行局部特写，通过人物对话，突出凤姐理事的作风。

五七[①]这天，按规矩要大办法事，排场比往日更大，家中客人也比往常更多。因此凤姐不敢懈怠，寅正（凌晨四点）起来梳洗更衣，吃了两口粥便乘轿"款款"来到宁国府，"缓缓"走到会芳园登仙阁哭灵。当凤姐尽过灵前祭奠的礼数，来到抱厦中查点值守人数时，发现一个负责迎送客人的婆子未到。这是凤姐在宁国府的第一次"立威"，我们来看她是如何处理的。

首先，她即刻命人传唤了迟到的婆子。当人被传唤过来的时候，小说里用了一个词来形容她的样子——"张惶愧惧"。这个词用得非常传神，包含了当事人好几层情绪：既因失职而感到愧疚，又因突然被当众传唤而惊慌，其中还夹杂着担心受罚的恐惧。足见荣国府琏二奶奶素日在两府下人间的积威。

凤姐的状态恰与犯事的婆子形成鲜明对比。婆子跪下道歉时，凤姐先是冷笑道："我说是谁误了，原来是你！你原比他们有体面，

[①] 五七：人死后第三十五天。旧俗，人死后每七日祭祀或念经，有头七、三七、五七等。

少年读红楼梦

金玉相逢

所以才不听我的话。"潜台词是：我知道你故意迟到的原因是仗着资历老，不服我的管束。这句话不仅是说给犯事的婆子听的，也是说给在场所有人听的。接着，她却不忙发落此人，而是把她"晾"在一边，先雷厉风行地处理了两件支取往来的事。这两件事一件得以顺畅解决，另一件则因数目有误被驳回。凤姐此举有两个目的：一是对犯事婆子造成一种"心理压力"；二是在所有办事人员面前树立起行为准则：照章办事，赏罚分明。之后，凤姐才转过头，对着犯事的婆子"放下脸来"，处置方式也是干脆利索、丝毫不讲情面：打二十板子，革一月银米。经此一事，凤姐给所有人立下规矩："明日再有误的，打四十，后日的六十，有不怕挨打的，只管误！"这一番处置以身作则、有理有据，起到了良好的"立威"效果：众人此后再不敢偷闲，一个个都兢兢业业起来。

在这一情节中，婆子的张皇失措与凤姐的从容不迫形成鲜明对比，作者着意运用对比的手法来凸显凤姐的不凡。在凤姐协理宁国府的情节中，这种对比手法多次出现。除了此处写到和仆妇下人的对比以外，还写到同辈妯娌与她的差距。在秦可卿出殡前夕，一应张罗款待，由凤姐独自承应周全，而宁国府本来的当家主母尤氏"犹卧于内室"，合族中其他妯娌亲眷，有言语钝拙的，有举止轻浮的，有羞口羞脚不惯见人的，有惧贵怯官的，更衬得凤姐飒爽风流，典则俊雅。此时的凤姐是万绿丛中一点红，秦氏丧仪的重任舍她其谁，再无可堪重任之人能够与之争辉。

而且，王熙凤并没有因为揽下这一桩大事而废弛了荣国府的家务，她每日往来于二府之间，堪称全族的"大总管"：

> 目今正值缮国公诰命亡故，王邢二夫人又去打祭送殡；西安郡王妃华诞，送寿礼；镇国公诰命生了长男，预备贺礼；又有胞兄王仁连家眷回南，一面写家信禀叩父母并备带往之物；又有迎春染病，每日请医服药，看医生启帖、症源、药案等事，亦难尽述。

凤姐为这些事情忙到茶饭无心、坐卧不宁，心中却反倒十分欢喜，并不偷安推托，唯恐落人褒贬，"因此日夜不暇，筹画得十分的整肃"，合族上下无不称叹。这番整顿家务可谓成就非凡，令宁国府气象一新，连品评人物一向苛刻的戚序本也在第十四回中对凤姐做出了如是评价：

> 不畏勤劳者，一则任专而易办，一则技痒而莫遏。士为知己者死。不过勤劳，有何可畏？

悲剧结局的暗示

协理宁国府之后,凤姐的才干得到了充分的施展,能力受到了充分的肯定,在同辈妯娌中的地位也日渐提升。在此过程中,她逐渐树立起个人权威,对权力的掌控欲也急剧膨胀起来。

凤姐协理宁国府的时间虽短,却已饱尝了权力带来的种种便利和甜头。理丧期间,凤姐每日"独在抱厦内起坐,不与众妯娌合群,便有堂客来往,也不迎会",贾珍也另外吩咐每日送上等菜到抱厦内单独供凤姐食用,所受珍重,可见一斑。看到自己"威重令行",凤姐心中十分得意,越发不把众人看在眼里,逐渐到了"挥霍指示,任其所为,目若无人"的程度。庚辰本眉批说,这是"写凤之骄大"。

随着丧仪的进行,小说场景逐渐由贾府内宅延伸到郊外的铁槛寺、水月庵两座庙宇。铁槛寺由宁、荣二公修造,丧葬途中,族中众人要暂住于此,进行安灵的法事。此时凤姐嫌与众人同住不便,独与宝玉、秦钟三人住到距铁槛寺不远的水月庵中。水月庵原本叫作"馒头庵",据说是因庙里馒头做得好,便得了这个诨号。这只是作者在小说中为叙事合乎逻辑征引的民间解释。实际上，"馒头庵"之名有着更为深刻的寓意。在《红楼梦》第六十三回中出现过一句诗：

纵有千年铁门槛，终须一个土馒头。

"铁槛寺"与"馒头庵"之名正是源出于此。这句诗出自宋代诗人范成大的《重九日行营寿藏之地》，原句为："纵有千年铁门限，终须一个土馒头。""门限"与"门槛"一字之差，又是曹雪芹的化用。所谓"铁门槛"，比喻门庭高贵、长盛不衰，典出隋代著名书法家智永禅师。智永是王羲之的七世孙，在云门寺习字三十年，写就真草《千字文》八百余本，分送浙东诸寺。因求书者众多，住处门槛几被踏破，遂包以铁皮，人称"铁门槛"。所谓"土馒头"，则是指旧时土葬垒起的坟包。这句诗的意思是，即便得享高官厚禄、荣华富贵，人最终还是要走进坟墓、走向死亡。最早将"铁门槛"与"土馒头"对举者，是唐代诗人王梵志：

世无百年人

世无百年人，强作千年调。

打铁作门限，鬼见拍手笑。

城外土馒头

城外土馒头，馅草在城里。

一人吃一个，莫嫌没滋味。

这样两种意象相连，蕴含强烈的佛教空幻哲思。凤姐弄权就是在这样的背景下进行的。

趁着凤姐跟前无人，庵中老尼诉说了近来的一桩公案：长安县有个张财主，本来已将女儿金哥聘给守备之子。偏在此时，长安府府太爷的小舅子李衙内到庙里上香，看中了这位小姐，一心要娶回家中。财主贪慕李衙内的权势，想同守备家退婚。谁料守备不依，不仅不退定礼，还上门辱骂，说一个女儿许几家，为此还打起官司。由此，张家想托老尼请贾府从中斡旋，写信给守备的上司——长安节度使云老爷，以权势压人，逼迫守备就范。

这件事与贾府毫不相关，凤姐听了本不想管。不过，老尼常年与权贵打交道，深谙个中关窍，使出一招"激将法"。老尼说：张家已知她来求贾府，若凤姐袖手旁观，未免显得府里没有手段。果然，此话一出，凤姐立刻说：

> 你是素日知道我的，从来不信什么是阴司地狱报应的，凭是什么事，我说要行就行。你叫他拿三千银子来，我就替他出这口气。

末了凤姐还补上一句："你瞧瞧我忙的，那一处少了我？"细究此时的人物心理，凤姐这一番话更像是受激之后的"意气用事"，贪图银子固然是一方面，但恐怕更享受的是替人办事、操弄他人命运所带来的权力欲与满足感。

揽下这桩事，凤姐便拿出她一贯雷厉风行的工作态度。第二天，她就假托贾琏之名，修书给长安节度使云光。事情很快解决了。守备家迫于权势压力，只好忍气吞声退婚。未料金哥和守备之子却双双自杀殉情。事情竟演变成三败俱伤的结局：葬送了两条年轻的生命，三家无趣，人财两空。唯一的得利者只有凤姐：她毫无愧意地坐享了三千两银子，王夫人等却连一点儿消息也不知道。自此，凤姐的胆子愈发大起来，"有了这样的事，便恣意的作为起来"。

弄权一事虽在回目中出现，曹雪芹却并未用浓墨重笔去铺写，只在三言两语间便揭过一章。这种举重若轻的写法看似轻描淡写，却在前后文中都埋下了很长的伏线。从秦可卿之死的情节设计来看，这段情节以秦可卿死前托梦王熙凤为起始，至王熙凤弄权铁槛寺为收束。秦可卿在梦中殷切嘱托，希望凤姐不要贪恋眼前的繁华，要分出一部分精力和财产，用在打理祖茔和家塾事务上。从后文的协理宁国府、弄权铁槛寺等情节看，凤姐显然没有把这些警示和规劝放在心上，秦氏所嘱之事，一桩也没有做。秦可卿托梦再无下文，贾府盛极而衰的命运也无人能够挽救。而从王熙凤个人的命运来看，从理丧到弄权，"一从二令三人木"的人生齿轮自此转动起来。凤姐本是贾府中罕见的裙钗英雄，却在封建末世的权力旋涡中越陷越深，终至不可自拔的深渊，这怎能不令人扼腕叹息。

赞会芳园

　　黄花满地，白柳横坡。小桥通若耶之溪①，曲径接天台之路②。石中清流激湍，篱落③飘香；树头红叶翩翻，疏林如画。西风乍④紧，初罢莺啼；暖日当暄⑤，又添蛩语⑥。遥望东南，建几处依山之榭⑦；纵观西北，结三间临水之轩⑧。笙簧盈耳，别有幽情；罗绮⑨穿林，倍添韵致。

注释

　　①若耶之溪：若耶溪在今浙江绍兴南，相传为西施浣纱的地方，又称浣沙溪。

　　②天台之路：天台山在今浙江天台北，相传汉代刘晨、阮肇曾入天台山采药，路遇两位仙女邀约，于山中小住半年，再回家乡时，发现时间已过了七世。此处借用遇仙的典故，衬托会芳园景物之美。

　　③篱落：篱笆。

　　④乍：刚刚。

　　⑤暄：暖和。

⑥ 蛩语：蟋蟀的叫声。
qióng

⑦ 榭：建在台上的房屋。
xiè

⑧ 轩：有窗的小屋子。

⑨ 罗绮：绫罗绸缎。代指穿着绫罗绸缎的女子。

译文

菊花开满地，垂柳点缀着山坡。小桥仿佛通往若耶溪，曲折的小路仿佛通往天台山。石缝中有清越的小溪急湍流淌，篱落那边飘来了菊花香；树头的红叶飘忽摇曳，放眼望去，稀疏的树林如同图画一般。微冷的秋风已经刮起来了，莺儿清脆的啼啭声开始停息；和煦阳光正在温暖之时，蟋蟀唧唧的鸣叫声又已响起。往东南方眺望，那里依山建了几处有台子的房子；而在西北方向，则临水建了几间有窗的小室。满耳都是梨园女子"吹笙鼓簧"的奏乐之声，看到穿着绫罗彩绸的丫鬟使女们在林中穿梭而过，让人感到另有一番深远的情调，越发增添韵味情趣了。

红楼内外

贾府中的通用货币是银子还是铜钱？

《红楼梦》中既提到了银子，也提到了铜钱。银子和铜钱在使用的时候有什么不同呢？

其实，自古以来，铜钱的流通一直都比银子更为广泛。白银虽然更为珍贵，但并不是最普遍的流通货币，在交易中的使用方式既因文化而异，也因时而变，而铜钱始终都是民众生活中最常见的流通货币。

一般来说，货币可以分为两种，一种是普通百姓日常交易中实际流通的货币，另一种是用于贮藏或者远距离交易结算的货币，二者的功能区别很大。白银一般承担着第二种功能，尤其在清代中期，由于中国出口贸易的繁荣，白银大量流入中国，所以形成了"白银帝国"的盛况，白银被铸造成特定形状的银锭，作为国际贸易、国家结算的通行货币。

但是在中国的内部市场，白银却很少被作为国家发行的法定货币使用，市面上流通着的各种形状的银子并不一定是户部浇铸的，大部分是民间的炉房银楼开炉制作的。因为没有统一的规范铸币，未铸成法定货币的白银就难以承载第一种交易流通的功能。对于普通人来说，在日常生活中使用银子是非常不方便的。因为民间使用的银子大部分是剪碎的银块，这就很难估算其确切的价值，比如第五十一回提到怡红院的笸箩里放着的就是"几块银子"，而不是几锭银子。

用银子非常不方便的地方也在于找零，因为银子的计算单位是重量，不像银圆和钞票一样用币值作为单位。《红楼梦》第二十四回中也写到，倪二借给贾芸的是"一卷银子"，重十五两三钱，贾芸接了，走到一个钱铺中，将那银两称了称，分两不错。这就说明，不借助称量工具，仅凭肉眼观察是很难确定银子是几两几分的。

我们可以做一个简单的计算，假如米价是六两七钱一包，那么如果拿十两银子去买米，按理说米店要找你三两三钱银子。但问题是，这里的"两""钱"都是重量单位，所以米店拿到顾客的银子，要先称一称银子是否足两，然后才能决定到底要找多少钱。但是到了找零环节，店里也并不一定正好有三个一两的小锞子，更不一定有三块一钱的碎银子。这时米店有两个办法：一种方法是从银柜里找一小块银子称重找给你，当然，这个银子很可能不正好是三两三钱，有可能是三两二钱、三两一钱，那么不足的数就按照当天白银与铜钱的兑换率折算成铜钱；如果店里恰巧没有零碎银子，便把你这个十两的大银锭，拿到柜台里面，用一种特殊的工具，根据大小需要夹成碎银子，夹的时候也不可能正好夹对重量，那么不够的再用铜钱来补。用银子买过一两次东西后，大家就能体会到使用银子交易的不便之处了，反正最后总要用铜钱来补齐，还不如一开始就用铜钱交易。

另外，如果要在日常交易中使用银子，还存在"折成色"的问题。"成色"就是这个银子的纯度够不够，如果银子用久了，成色不好了，就要折掉一部分钱。拿银子汇款、结算，基本上每次都要被折成色，这笔钱有时候比汇费还要高。

而铜钱就不同了，它本身便以"钱"为名，是名副其实的用于市场交易的钱。千百年来，国家一般都设有专门机构铸钱，所以钱的全称是"制钱"。清代北京有两个铸钱的机构，一个是工部的宝源局，在东城石大人胡同；一个是户部的宝泉局，在北新桥南大街路西。因为铜不是贵金属，不害怕折损，而且铜钱有统一的铸币规格，在日常交易中就非常实用了。

铜钱的单位非常丰富，便于折算。在清朝，钱的单位，主要是个、十、百、吊（千），这些单位在《红楼梦》中都有体现。比如第四十二回中，卜世仁的娘子对女儿银姐说："往对门王奶奶家去问，有钱借二三十个,明儿就送过来。"第三十七回,袭人到屋里拿钱,"秤了六钱银子封好,又拿了三百钱走来"。除此之外,铜钱在历史上还出现过更大的单位,尤其是唐宋之际,称呼钱的单位,经常用"万"。唐代元稹就曾经写过"今日俸钱过十万",宋代李清照《金石录后序》云:"有人持徐熙《牡丹图》,求钱二十万。"

曹雪芹在《红楼梦》中围绕铜钱写过一个非常经典的场面。第五十三回"荣国府元宵开夜宴"中,府中搭台唱戏,开场之前,仆妇先抬上来三只炕桌,每个小桌上都搭着红毡,上面放着"选净一般大新出局的铜钱,用大红彩绳串穿着"。放下桌子之后将红绳抽去,将钱堆成小山,只待贾母说一声"赏",便有仆妇用笸箩盛起铜钱撒向台上,一时之间是"豁啷啷满台的钱响"。这段描写就透露出清代富贵人家使用铜钱的情况,"新出局的铜钱"就是指户部的两个造币局新铸造的钱,就像如今过年发压岁钱要兑换成新钞票一样。这些新钱取回来之后是钱串子的形式,需要用的时候再拆开。第二十回、第四十七回写到贾府众人玩牌,也是取一吊钱在旁边放着,输赢的时候再拆开作为赌注。

银子和铜钱能够相互兑换,有时候也合在一起用。比如《红楼梦》第三十六回中,王夫人给袭人"涨工资",就让王熙凤从王夫人自己每月月例的二十两银子里,拿出二两银子一吊钱来给袭人。可见，在当时，银子和铜钱是并用的，只不过对一般人来说，得来的银子一般就当作固定资产储蓄了，或者需要大额支出的时候再拿出来使用。所以在第六回王熙凤送别刘姥姥的时候，王熙凤除了给她二十两银子以外，还单独取了一串钱送给她，因为银子是让她拿回去过冬的储蓄，而一路上的车马、饮食费用则需要用铜钱来支付的。

聪明累

末世凡鸟

在第五回中,《金陵十二钗正册》中写有凤姐的判词:

凡鸟偏从末世来,都知爱慕此生才。

一从二令三人木,哭向金陵事更哀。

根据脂砚斋的提示,凤姐的判词要用"拆字法"来解读。判词的前两句是写凤姐的人物特点。"凡鸟"合起来是繁体的"凤"字。拥有非凡才能的凤凰偏偏生在末世图景之中,暗示着凤姐是逐渐走向衰败的贾府中出类拔萃的顶尖人物。而判词的后两句比较难解,目前已经发展出三十多种解释。概括前人的种种解读,目前较有共识的说法是:"一从二令三人木"对应着贾琏对待王熙凤态度的三个阶段,从一开始的顺从,到后来的使令,再到最后的休弃。脂砚斋说要用"拆字法"来解读这一句,"人木",就是休的拆字。从王熙凤的所作所为来看,她的人生是按照"休"妻的"七出之条"来设计的。

所谓"七出",是指封建社会休妻的七个条件:

无子;淫泆(yì);不事舅姑;多言;盗窃;妒忌;恶疾。

这七条是封建社会女性为妇为妻的大忌，但它们均或明或隐地参与到王熙凤的形象建构中。俞平伯先生曾经一针见血地指出，凤姐是"几全犯所谓'七出之条'"。

其中最为明显的一条是凤姐无子。凤姐一共怀过三次孕，却只诞下一个孩子。第一次怀孕生下了女儿巧姐；第二次怀孕是在第五十五回，"刚将年事忙过，凤姐儿便小月了，在家一月，不能理事，天天两三个太医用药"；第三次怀孕是在第六十一回，平儿劝凤姐"得放手时须放手"，提到"好容易怀了一个哥儿，到了六七个月还掉了"。

凤姐"无子"与"妒忌"的罪名是融合在一起写的。在封建社会，正妻无法生育，可以通过纳妾的方式完成为家族添丁的任务。如果凤姐按照这样的规则行事，是不至于被休弃的。但是，她有着极强的占有欲和控制欲，绝对不会允许贾琏纳妾生子。嫁到贾家以后，她先是打发走了贾琏尚未娶亲时侍奉在侧的通房丫头和侍妾，后来迫于压力，让自幼服侍自己的平儿做了贾琏的通房丫头。但平儿是很少有机会侍奉贾琏的，这在琏、平二人的言语间都有流露。贾琏在外勾搭奴婢、仆妇，这些事王熙凤自然知晓。她处理方式通常是，要么寻个不是将女人赶走，要么大闹、威胁。但贾琏好色，本性难移，去了旧人，又寻新人，如此循环往复。王熙凤希望贾琏能专心地与自己过一夫一妻的生活，这在一夫一妻多妾的封建男权社会，是不可能被理解和认同的，反而坐实了"善妒"的罪名，成了将她推向风口浪尖的原因之一。

直接坐实王熙凤"无子""善妒"罪名的，是她戕害尤二姐。原本贾琏只是贪图尤二姐的美貌，但贾珍、贾蓉给这段关系找了一个冠冕堂皇的理由："此时总不过为的是子嗣艰难起见。"后来，尤二姐果然怀上了贾琏的孩子，对凤姐的家庭地位构成了直接的威胁。因为尤二姐是贾琏真正迎娶进门的妾室，并且可能生下继承贾府家业的儿子，而且贾琏私下还对尤二姐有过承诺，只等王熙凤一死，就接她进府做"新奶奶"。因此，偷娶尤二姐一事从根本上触及了王熙凤的"逆鳞"，这也是她一定要设下毒计，置尤二姐于死地的原因。

在这场暗藏机锋的斗争中，凤姐可谓是"妒得有计划，妒得狠毒彻底"。通过盘查，她得知尤二姐有个指腹为婚的对象张华，便唆使张华状告贾琏。告状的罪名是很严重的："国孝家孝之中，背旨瞒亲，仗财依势，强逼退亲，停妻再娶"。在这个连环计中，王熙凤同时挑战了以贾琏、贾珍为代表的夫权和族权，甚至不惜搭上家族的前途和命运。挑唆告官时，原告张华"深知利害，先不敢造次"。凤姐却说："便告我们家谋反也没事的。"《红楼梦》中有很多谶语，这句话也是一语成谶。然而，王熙凤没有想到，张华在贾珍、贾蓉父子的威胁利诱下畏罪潜逃，导致她失去了最后一张王牌。此时凤姐"悔之不迭"，生怕张华将事情泄露，日后翻案说出她调唆首告的实情。这对她来说将会是大罪名，是"将刀靶付与外人去"了。

张华这条路行不通，凤姐便开始设计陷害尤二姐。这个计划分为几个步骤：首先是精神上的羞辱。她暗自散布流言，一面指使众丫头、媳妇指桑骂槐，暗相讥刺；一面又将这些话直接告诉尤二姐，摧毁她的自尊心。之后是肉体上的折磨。凤姐装病，不再与尤二姐同餐，"每日只命人端了菜饭到他房中去吃，那茶饭都系不堪之物"。然后，她又借刀杀人，挑唆贾琏新纳的妾——秋桐去凌辱、诬陷尤二姐。几面夹击之下，尤二姐在贾府中的处境越来越艰难，受了一个月的暗气就病倒了。到了这样的地步，凤姐还不肯放过她，请来庸医胡君荣，生生将尤二姐腹中一个成形的男胎打了下来。尤二姐的身心被折磨消耗，最终不堪受辱，吞金自尽。在整个过程中，王熙凤并未露出半点儿坏影，甚至在外人看来，还觉得她好心好意。其用意之歹毒、心计之深沉、计划之周密，读之令人悚然。

尤二姐死后，凤姐不肯出钱操办丧事，甚至连当初贾琏托尤二姐保管的私房钱也被她吞了个干净，"一滴无存"。至此，凤姐还嫌不足，谎称尤二姐有痨病，要将她焚尸。这一系列行为狠辣决绝、不留余地，凤姐之毒在这件事中达到了巅峰。尤二姐死后，贾珍、贾蓉、尤氏及贾琏等都十分悲伤，贾琏还扬言"终久对出来，我替你报仇"。尤二姐事件让凤姐与丈夫之间产生了无可弥合的裂痕，埋下了日后贾琏休妻的伏笔。

在这段夫妻关系中，"无子"不仅仅指王熙凤自己没有孕育子嗣，更是指她让贾琏一脉绝嗣。除了辈分更低、年纪更轻的贾蓉，在荣宁二府已婚的夫妻中，唯一没有子嗣的只有贾琏与王熙凤。所以关于王熙凤害死尤二姐一事，戚序本在回目之首评论说：

凤姐不念宗祠血食，为贾宅第一罪人。

曹雪芹是将凤姐的人生悲剧与贾氏家族的衰亡史糅合在一起书写的。判词中预示的凤姐结局，也是整个贾府必然走向衰亡的命运缩影。根据脂批留下的线索推断，在贾府抄没败落之时，王熙凤的种种罪恶将被揭露，她将受到法律的追究，被囚禁于狱神庙等待清算。原先她所蔑视的夫权、族权、政权和神权，将联合起来给予她致命的打击。尽管有小红、茜雪等人的仗义相助，王熙凤仍然难逃"身微运蹇"的命运，最终被代表着夫权与族权的贾琏休弃，死于归乡的途中。《红楼梦曲·聪明累》以一句"忽喇喇似大厦倾，昏惨惨似灯将尽"集中描绘了她临死时的心理状态。蜕去凤凰绚丽的羽毛，成为"凡鸟"的凤姐将彻底失去所有可以依恃的支柱。她曾在馒头庵扬言，"从来不信什么是阴司地狱报应的"。甲戌本、己卯本、庚辰本、蒙府本、戚序本在此处都有双行夹批："回首时无怪其惨痛之态。"

结合判词的预示和前人的推断，王熙凤在临终时或许会受到神权的威胁，在极端绝望中死去。直到此时，"痴人"王熙凤可能才认识到，丧失底线、不择手段地追逐金钱与权势，终究会落得一场空茫。

众叛亲离之后，凤姐将落得何种下场？《红楼梦》中出现过很多与此有关的谶言，而从各色人等口中说出最多的一句，就是凤姐会"早死"了。

王熙凤生日那天，鲍二家的就说过什么时候凤姐死了倒把平儿扶正；贾琏偷娶尤二姐的时候，也和她说只等凤姐一死便接她进去做正室。前者尚且是情妇口中的一句咒骂，后者则是实实在在的许诺了，甚至可以说，贾琏和尤二姐的婚姻其实是以王熙凤将死为前提的。

从偷娶尤二姐开始，凤姐的健康问题便像草蛇灰线般埋在了小说里。从第六十七回开始，小说就写袭人"忽想起凤姐身上不好"，要去看看凤姐，这才引出了"闻秘事凤姐讯家童"。在第七十二回中，鸳鸯和平儿聊天，说起凤姐是"血山崩"的大病。鸳鸯还提到，自己的姐姐就是害这病死的。这时凤姐已病了一月有余，只是"恃强羞说病"，瞒着众人罢了。而在第七十四回中，凤姐强撑着病体参与了抄检大观园，"到夜里又连起来几次，下面淋血不止。至次日，便觉身体十分软弱，起来发晕，遂撑不住"。在第七十五、七十六两回中，由于生病，凤姐缺席了荣国府的中秋家宴；至七十七回，凤姐还病着，"仍命大夫每日诊脉服药，又开了丸药方子来配调经养荣丸"。这样徐徐写来，到了八十回以后，凤姐的病想必会在某个时间点爆发。

在她患病、养病的过程中，疾病对她的地位的负面影响已充分显示出来。如在第七十三回中，贾母查问园中聚赌之事，王熙凤的本意是以病推责，以免贾母怪罪自己，便忙道："偏生我又病了。"但这样一说，凤姐便难以时常在贾母身边服侍，在贾母心中的地位也就大不如前了。同在此回中，邢夫人在紫菱洲拒绝让凤姐伺候，说是"请他自去养病"。探春也因迎春乳母之事向平儿道说："你奶奶可好些了？真是病糊涂了，事事都不在心上，叫我们受这样的委屈。"

凤姐的病成了她众叛亲离的导火索。因她平时要足了强，给人留下的一贯印象是精明强干，曾经连小产之后还要暗自筹划计算，想起什么便让平儿去回王夫人。凤姐当家时"机关算尽太聪明"，让她成为众人眼中一台冰冷的机器，只有当其高速运转时才有存在的价值。这次她病重不能理事，众人非但不加体恤，反而处处借病来讽刺、挤兑，认为她开始怠懒怠惰，不再称职了。此时，她面临的危机不再限于小家庭内部的夫妻、婆媳矛盾，而是来自于荣宁二府的上上下下。那些曾经受到凤姐辱骂、打压和虐待的奴仆，以及暗中嫉妒的势力，都在她病重期间趁势打压，让她尝到众叛亲离、世态炎凉的滋味。

王熙凤的曲子中写道："生前心已碎，死后性空灵。"根据判词、脂批等留下的线索推断，凤姐的结局很可能是早逝。"空"

的意思是白白地、徒劳地。从"生前心已碎"来推测，她死前或许遭受了很多凌辱，在羞愧交加、伤心绝望中死去。在临终之时，历尽家族兴亡聚散、生死荣辱，或许她才终于参透了秦可卿托梦时对她说的话，至此完成"由色入空"的觉悟。

众叛亲离的导火索

七出之条中有一条是"不事舅姑"。"舅姑"在古代指公婆，王熙凤的公婆是贾赦和邢夫人。长期不参与长房事务的打理，又与公婆不睦，这也是导致她最终被休弃的原因之一。

王熙凤与邢夫人之间的矛盾，从王熙凤嫁入贾府之初就一直存在，只不过起初她们双方各有所求、各取所需，这种矛盾尚不明显。

王熙凤嫁给贾琏后，夫妻二人与贾赦、邢夫人所在的长房没有特别密切的联系，反而一直帮助贾政与王夫人料理荣国府。这种局面的形成有着比较复杂的历史原因。首先，荣国府的家业是交给贾代善的次子贾政来管理的。但贾政的正妻王夫人没有能力和精力管理好这份家业，需要帮手。起初留在贾政夫妇身边帮忙的人是凤姐的丈夫贾琏，凤姐过门后，留在二房帮忙料理内宅事务就成了顺理成章的事。其次，凤姐既是王夫人的侄媳妇，又是内侄女，同为王家人，她们很容易在贾府中结成坚实的联盟。王熙凤也因此得到了在贾母身边侍奉的机会，赢得了这位"老祖宗"的青睐。再次，贾赦和邢夫人一开始恐怕也不喜欢王熙凤待在自己家里，因为这对夫妻素日的行事作风是贪得无厌、奢侈无度的，如果多了精明能干的凤姐掣肘，邢夫人在银钱事务方面就失去了独断专行的权力。因此，凤姐被征调出去协理荣国府的家业，邢夫人起初应当是没有怨言的。

但是，随着家境的变化和事态的发展，邢夫人对王熙凤的不满与日俱增。邢夫人之所以同意王熙凤料理荣国府，还有一层潜在的原因：她希望儿媳能替自己在贾母面前周旋，以便获取更多的利益。但是渐渐地，她发现王熙凤不仅不会替自己美言，还时时站在王夫人这一边，有了钱也是搬到自己的小金库去，并不把自己这个正经婆婆放在眼里。

第四十六回回目名"尴尬人难免尴尬事"中的"尴尬事"，就是邢夫人与王熙凤婆媳矛盾直接爆发的关键事件。在这一回中，邢夫人找凤姐商议贾赦纳鸳鸯为妾一事，希望凤姐从中帮忙。没想到凤姐不但没有顺从公婆的意思，还任由邢夫人触怒贾母。在求娶鸳鸯一事之后，王熙凤与婆婆之间的关系陡然紧张起来。在第六十五回中，作者曾借兴儿之口评价过这件事造成的影响：

如今连他正经婆婆大太太都嫌了他，说他"雀儿拣着旺处飞，黑母鸡一窝儿，自家的事不管，倒替人家去瞎张罗"。若不是老太太在头里，早叫过他去了。

由于婆媳之间缺乏沟通，在彻底离心后，邢夫人对王熙凤失去了信任。在第七十一回中，作者写到，有小人在邢夫人身边日日挑唆："老太太不喜欢太太，都是二太太和琏二奶奶调唆的。"邢夫人便"近日因此着实恶绝凤姐"。婆媳矛盾激化之后，邢夫人开始在公开场合中不留情面地弹压凤姐。比如她故意在家宴中当着众人的面"陪笑和凤姐求情"，说凤姐"不看我的脸，权且看老太太"，说完也不等凤姐反应，径自上车离去。这话相当于告诉众人：我的儿媳妇完全不把我放在眼里，需要我低声下气地和她讨情面。这番话说得凤姐又羞又气，忍不住赌气回房哭了一阵。由此可以看出，凤姐平时虽然深得贾母喜爱，在贾府中一向作威作福，手腕和权力看似都压过邢夫人，但是，受家庭地位和伦理秩序的约束，一旦婆婆真正开始弹压，王熙凤在婆媳关系中还是处于弱势地位的。

此后，王熙凤在婆媳较量中逐渐落入下风。在第七十三回中，王熙凤听说邢夫人去了紫菱洲，便撑着病体赶去伺候。但是邢夫人听说，只是冷笑两声，命人出去说："请他自去养病，我这里不用他伺候。"这里没有写到凤姐的反应，但是一向要强的她，最终竟然落到讨好婆婆反遭冷遇的地步，"灰心转悲"的苦楚尽在不言中。

由此可见，王熙凤"不事舅姑"，虽然一开始是你情我愿、无伤大雅，但随着婆媳矛盾的不断激化，王熙凤逐渐背负了违背伦常的罪名，这一罪名也成为她众叛亲离、遭到休弃的重要原因之一。

口才好也是错

七出之条中有一条是"多言"。会说话原本是优点，但如果口角锋芒过盛，也容易物极必反、慧极必伤。

王熙凤说话，最大的特点是快。熟悉王熙凤原型的批者曾这样评价："凡三四句一气读下，方是凤姐声口。"可以想象，她不会像普通闺秀小姐一样慢条斯理地一句一句说出来，而是像连珠炮一样，能一口气说出很长一段话。

语速快还只是表面现象，王熙凤反应敏捷，言语中满是机锋和智慧。在第六回中，王夫人的陪房周瑞家的曾这样形容她：

> 如今出挑的美人一样的模样儿，少说些有一万个心眼子。再要赌口齿，十个会说话的男人也说他不过。

凤姐从小被当作男孩教养，在待人接物上格外敏捷大方，口才是她得以在家族中立身的重要工具。

在贾母面前，她是时时逗人开心的孙媳妇，常常用"反话正说"的方式来调节气氛。气氛欢快的时候，她的话往往能锦上添花。比如在第三十八回中，贾母说起自己儿时掉进水里，鬓角被木钉撞出一个窝儿时，未等众人接话，凤姐便将贾母比作老寿星，"神差鬼使碰出那个窝儿来，好盛福寿的"。而当场面尴尬、气氛凝重时，凤姐也能以三言两语化解尴尬，缓和气氛。在第四十六回中，贾母因为贾赦要纳鸳鸯为妾而"气的浑身乱战"，李纨早就带着姊妹们退了出去，王夫人被错怪，并不敢辩解一句。在这样尴尬的时刻，凤姐剑走偏锋，支派起老太太的不是。她笑道："谁教老太太会调理人，调理的水葱儿似的，怎么怨得人要？""我幸亏是孙子媳妇，若是孙子，我早要了，还等到这会子呢。"贾母顺势要把鸳鸯赐给贾琏。这时，凤姐的反应更快了："琏儿不配，就只配我和平儿这一对烧糊了的卷子和他混罢。"一来一往，现场剑拔弩张的气氛立刻就松弛下来，贾母的怒气也消了一半。

  凤姐不仅善于逢迎长辈，也会细心照顾平辈和晚辈的感受，不会在言语间得罪任何一方。林黛玉进贾府时，凤姐充分展示了她的语言艺术。凤姐来时，头一句说的是："我来迟了，不曾迎接远客。"既带着歉意，又自彰身份，语气中更兼调侃，缓解了初来乍到的黛玉生疏和局促的情绪。王熙凤后面的一番话更是面面俱到，照顾到了在场的每个人。她先夸黛玉的容貌，同时也会注意不冷落了在场的小姑子们，因此说道："这通身的气派竟不像老祖宗的外孙女儿，竟是个嫡亲的孙女……"下面的话又强调了贾母对黛玉的宠爱和牵挂："怨不得老祖宗天天口头心头一时不忘。"但是，她也不会忘记，黛玉是因为丧母才来到贾府，马上又说："只可怜我这妹妹这样命苦，怎么姑妈偏就去世了！"贾母笑责她这是招哭，凤姐又"忙转悲为喜"，连称自己"忘记了老祖宗。该打，该打"，这中间的情感切换是极为自然的。王熙凤讲话妥帖周全、滴水不漏，所谓"一万个心眼子"，在这数句之间表现得淋漓尽致。

  她善于察言观色，洞彻人心。言语间又能把握分寸。在宝、黛感情还没有在众人面前显露出来的时候，凤姐就已经敏锐地看透了这对少年儿女的心思。她是最早就此事跟黛玉开玩笑的人："你既吃了我们家的茶，怎么还不给我们家作媳妇？"虽然黛玉含羞笑说她"贫嘴贱舌讨人厌恶"，其实心里是欢喜的。

能言善辩给凤姐带来了很多好处。她以口才承欢贾母膝下，承接邢、王二位夫人的辞色，保护自己的既得利益与地位，周旋于贾府各群体之间。她能三言两语安抚平儿，拉拢赵、李二嬷嬷，弹压赵姨娘，威胁奴婢，张扬作为主子奶奶的种种威势……

但另一方面，在处理家庭关系时，多言有时也会成为一把伤人伤己的利刃。她的口才有时也会化作杀人的刀锋。在她的言语机锋之下，贾琏如三岁小儿；贾瑞和尤二姐更被她言语所惑，最终落得身死的下场。

言语机锋不仅能伤人，也会伤己。凤姐有时说话不留情面，这在无形中也损害了她与府中各色人等之间的关系。以凤姐与妯娌之间的关系为例，李纨与尤氏都可归入贾母所说的"不大说话"之类，她们口中时常流露出对凤姐"口角锋芒"的微词。在第四十五回中，李纨领着众姊妹来请凤姐做诗社的监社御史，实际上是变相来向她讨要诗社的"活动经费"。王熙凤当然想到了这一层，于是当众替她算了一笔账，相当于把李纨的家底揭了开来。这一段话让我们看到了这位清净守节、与世无争的寡妇的另一面——守财。细思当时的情境，这番话是很不留情面的，当然也彻底激怒了李纨。这位寡言讷语的大嫂说出了一串不加标点断句的话，说王熙凤讲的是"两车的无赖泥腿市俗专会打细算盘分斤拨两的话"。对一向寡言的李纨来说,这是她能说出的很重的话了。无怪乎脂砚斋评论称:"心直口拙之人急了,恨不得将万句话来并成一句,说死那人。逼肖!"

相比李纨,尤氏和凤姐的关系更为亲昵,可在第六十八回中,凤姐得知贾琏偷娶尤二姐之后,对尤氏发起了暴风骤雨般的攻击。她来到宁国府大闹,"说了又哭,哭了又骂,后来放声大哭起祖宗爹妈来,又要寻死撞头。把个尤氏揉搓成一个面团,衣服上全是眼泪鼻涕"。尤氏在这件事中其实是颇为无辜的,她不仅要承受丈夫在外寻花问柳的痛苦,还要面对凤姐这位牙尖嘴利的妯娌的指责。小说没有直写尤氏内心的感受,只写到旁边众姬妾丫鬟媳妇的赔笑求情:"二奶奶最圣明的。虽是我们奶奶的不是,奶奶也作践的够了。当着奴才们,奶奶们素日何等的好来,如今还求奶奶给留脸。"凤姐是逞了一时的口舌之快,但是以言语之威将尤氏百般凌虐的同时,她与尤氏之间的情感也就此破裂。

对于凤姐的口角锋芒,贾琏也说过"太要足了强也不是好事"。这话既是抱怨,也带着劝解、警示的意味,"说的凤姐儿无言可对"。但凤姐本性如此,遇到事情第一反应便是逞口舌之快,以口才来弹压对方,而这也是她的性格缺陷所在。正如脂砚斋在第十六回中的一条批语:"再不略让一步,正是阿凤一生短处。"王熙凤的口才为自己在家庭与家族中争取到了最大化的利益空间,但是一旦将所有人都逼至绝境,她也就变得孤立无援,再无半点儿回转的余地。

被欲望吞噬的英雄

王熙凤是一个逐渐被权力欲异化的人。以弄权铁槛寺为分水岭，她的权力欲逐渐超出了道德的规约，走向不可控制的方向。

理家初期，王熙凤的才干很受众人的喜爱和认可。她能言善道、雷厉风行，连宁国府的主人贾珍也对她敬佩有加，请她来操持秦可卿的丧仪。王熙凤也没有辜负贾珍的信任，她一人操持两府事务，将一切料理得井井有条，不仅将秦可卿的丧事办得风光体面，还使管理混乱的宁国府焕然一新。和李纨、尤氏不同，凤姐对事业成就有着很高的追求。面对理丧期间烦冗的工作，她反而在精神上倍感满足，"日夜不暇，筹画得十分的整齐"。毫无疑问，凤姐有着过人的才干、坚韧的毅力，这是她能够坐稳荣国府管家奶奶位置的重要原因。

少年读红楼梦

金玉相逢

随着管家日久，凤姐开始尝到权力带来的"甜头"。在处理贾府内宅事务之余，她还干涉外事，包揽诉讼，借贾府势力勾连官府欺压他人、谋取钱财。其中最显著的一例是"弄权铁槛寺"，她借贾琏之名修书与长安节度使云光，拆散张金哥和守备之子这一对有情有义的未婚夫妇，逼死了两条性命，自己却安享白银三千两。得了这笔钱财，她不仅没有丝毫的愧疚与不安，反而胆子越发壮大，"以后有了这样的事，便恣意作为起来"，甚至还在要钱时说出"从来不信什么是阴司地狱报应"的话。虽然在今天看来，"阴司地狱报应"属于封建迷信，但在凤姐所处的时代，敬鬼神、信果报的思想深入人心，也是规约人们行为的"信仰枷锁"。而凤姐从弄权铁槛寺开始，便逐渐舍弃了道德的规约，变得无所敬畏、无所顾忌，只信奉金钱、利益和手段。

　　而在府内，凤姐也逐渐开始"弄权"，利用管家奶奶的身份开拓个人的生财之道，这主要表现在纳贿和放债两件事上。例如贾芸谋事百般不成，送了凤姐价值十七两多银子的冰片、麝香等名贵香料，就谋得了种树的好差使。这也让族中远近之人都知道，凤姐是比贾琏更有权力的管家之人。又如王夫人丫鬟的父母为女儿谋补金钏之缺，就去凤姐处送礼。而她为了敛财，甚至向最亲密的人索要回扣。贾琏托凤姐向鸳鸯借一千两银子的当头，她就要二百两银子好处，气得贾琏说"烦你说一句话，还要个利钱"。她还公然挪用贾府的月钱放账，这相当于用公款作为本金，向外人放高利贷，所得的利息，却全都进了她个人的腰包。

不仅是这些大额钱财，即便是小笔的银钱，凤姐也要算计。在第四十三回中，贾母提议众人凑份子给凤姐过生日，凤姐在贾母面前一口应承，说李纨的十二两银子由她代出。但等到尤氏收银子时，"按数一点，只没有李纨的一分"。尤氏也因此向平儿讽刺凤姐道："我看着你主子这么细致，弄这些钱那里使去！使不了，明儿带了棺材里使去。"由于对金钱有着狂热的欲望，王熙凤已从官僚地主阶级的少奶奶，一步步蜕变为带有近代商业社会资本家色彩的放高利贷者，她甚至懂得资本运作，只要能弄到钱，她什么事情都敢干。

但是，凤姐忘记了，自己所获取的只是时代赋予的家族红利。作为贾府的掌权者，她能意识到眼前的危机，却无法超脱出个人得失的局限，来思考如何挽救这座将倾的大厦。所以即使秦可卿在临终时托梦示警，她也很快便将这些劝告抛诸脑后。因为一方面，这些建议超出了她的固有认知；另一方面，她在理家过程中，私欲不断膨胀。在贾府事业和个人家业的上升期，她顾不得贾府的前途，也不会想到自己所依凭的"冰山"正在逐渐融化。

红楼诗文

聪明累

机关算尽太聪明，反算了卿卿①性命！生前心已碎，死后性空灵。家富人宁，终有个家亡人散各奔腾②。枉费了，意悬悬③半世心；好一似，荡悠悠三更梦。忽喇喇似大厦倾，昏惨惨似灯将尽。呀！一场欢喜忽悲辛。叹人世，终难定！

注释

① 卿卿：夫妇、朋友之间一种亲昵的称呼。
② 奔腾：形容祸到临头时，各自急寻生路的样子。
③ 意悬悬：时刻劳神、放心不下的心理状态。

译文

费尽心机耍弄聪明，反而算掉了自己性命。生前弄权术致使心力交瘁，死后留牵挂还显现出性灵。原指望家庭富贵人口安宁，最终落个家破人亡各自逃命。半辈子殚精竭虑枉费心，好似那悠悠荡荡梦一场。真真是忽喇喇大厦倾塌了，黑蒙蒙油干灯灭尽。呀！一场欢喜忽然变悲痛。唉！世间祸福终归难断定！

金玉相逢

在贾府中每月工资"一吊钱"是什么概念?

"吊"这个计钱单位比较复杂,历史时期不同,它具体指代的数额也不尽相同。"一吊钱"也被称为"一串钱",就是一串拿绳子串好的铜钱。除了拿来作为礼节行赏、游戏赌注之外,它在《红楼梦》中也是一个频繁出现的工资单位。比如第三十六回中王熙凤向王夫人汇报说,姨娘房中的丫鬟每个月工资就是"一吊钱",后来分例减半了,变成了一个月五百钱,这就透露了在贾府的经济系统中,一吊钱相当于一千文钱。

如果是在普通市井人家,一吊钱能买很多东西了。第二十七回,探春拿出自己攒下的"十来吊钱",嘱咐贾宝玉去市井中逛的时候买些新奇的字画或手工艺品,贾宝玉说这些不值钱,拿几吊钱都能拉两车回来了。第六十一回中,厨房的柳嫂子说起大观园里的饮食费用,说姑娘带姐儿们四五十人一天需要"一吊钱的菜蔬",而这一年的鸡蛋格外贵,竟然需要十文钱一个,一吊钱基本上刚刚够一个月的饮食费用。

但是，像贾府这样的豪门大族，经济往来还需要算进人情费用，那生活上的花销就大大增加了。第三十七回中史湘云想要做东结社，薛宝钗作为经济精算大师，就及时制止了湘云，说湘云"一个月通共那几串钱"，还不够自己的花销，哪里有额外的钱做东呢？所以后来是薛宝钗从自家铺子里订了螃蟹来置办宴席。作为豪门的小姐，一个月几吊钱都不够花，就是因为要有很多顾全体面的额外支出，比如宝钗和探春想吃一道二三十钱的油盐炒豆芽儿，是拿出了五百文钱送去厨房。第五十三回中，邢岫烟也说过自己为了打点上下的丫头、婆子，一个月二两银子还不够用。

在铜钱的计量单位中，"个十百千万"的进位看似非常明确，但是清代存在一个很复杂的状况，就是对钱的单位指称和它的实际数额不一定相符。施闰章《蠖斋诗话》中记载："今京师宴集，席赏率三十文当一百，亦古遗俗也。"高士奇《天禄识余》中也有："今京师以三十三文为一百，近更减至三十文为一百，席上赉（lài）人，通行不以为怪。"这说明在当时，"百"这个单位并不是指真的有一百枚铜钱，而是三十文就算一百，那么一吊钱就只有三百文了。如果按照这样的记载，《红楼梦》中说袭人拿了三百钱，那没准就不是真的捧出三百枚铜钱，而只有九十文左右。

这是什么原因造成的呢？一方面是京师习俗，有些人希望通过这种方式来撑场面。北京以前有一句谚语："说大话，使小钱。"李虹若《朝市丛载》"风俗门"中有一首《用京钱》:"皇都徒把好名辜,大话连篇他处无,五十京钱当一吊,凭谁敏慧也糊涂。"意思就是京中对于钱的称呼经常是往大了说。李慈铭在他的《越缦堂日记》中记录,说他曾经把皮袄当了五十吊钱,如果按照这样的方式来算,也不是真的当了五万个铜钱,而只是当了两千五百个铜钱。

另一方面,也是因为清朝的铜钱质量不断下降。清朝初期铸的铜钱,钱又大,铜质量又好,后来便一代不如一代。到了咸丰皇帝在位的时候,因为太平天国运动爆发,国库缺钱了,北京宝源局铸造了一种"当十钱",也叫作"大钱",按理说是十文的面值,但民间不把它当成十文来用,只当制钱二文来用。但是在面值上,这种大钱"以一当十",所以如果本来是五百个制钱叫作一吊,换成这种大钱之后,就变成五十文大钱叫一吊了。

在铜钱不断贬值的形势之下,最痛苦的还是老百姓,因为这样一来,家里的铜钱就越来越不值钱了。乾隆时期的顾公燮(xiè)在《消夏闲记摘抄》中记载过明朝的一笔经济账:

> 前明京师钱价,纹银一两,兑钱六百,其贵贱在零几与十之间。至崇祯十六年,竟兑至二千矣。

这是说明代京师中本来六百枚铜钱就相当于一两银子,但是到了明末的时候,铜钱贬值,要两千枚铜钱才能兑一两银子。到了清代末年,铜钱更是在贬值的道路上一去不返。曼殊震钧在《天咫偶闻》中记载：

> 咸丰初银一两易钱七千余，同治初则易钱十千，光绪初至十七千……以后减至十千有余不及十一千。

此时铜钱的币值就很小了，竟然需要一万余枚铜钱才能兑一两银子。这个时候，以一当十的"大钱"就派上用场了，带着一千一百文大钱就能兑一两银子，这就方便得多。当然，这在实质上仍然属于超发货币的措施，长此以往，相当于普通老百姓家里储存的财富在无形中变少了。

所以，与京中民俗和银钱经济相对应，"吊"这个计量单位并不是始终固定的，它是根据历史时期、所处地区的不同不断变化的。像《红楼梦》这部诞生在乾隆时期的小说，其中写到一千文铜钱为一吊，放在中国铸币史中应该也算是比较大的单位了。

抄检风波

事情的起因

"抄检大观园"事件的主体情节发生在第七十四回，但这个全书情节中的"大关键"同样写得草蛇灰线，在它真正爆发之前便早已有了风雨欲来之势。具体来说，抄检大观园的伏线至少有三条。

第一条伏线是王夫人长期以来对她的独子贾宝玉的担忧。这一条伏线从第三十四回就已经埋下，自从宝玉挨打、袭人进言起，王夫人对于贾宝玉身边的女子就一直提心吊胆，生怕他陷入丑闻，从而葬送了自己的前途。再到第五十七回，贾宝玉因为紫鹃的一句话，误以为林黛玉要回苏州，从而迷了心智差点昏死过去，这让宝、黛之间的爱情更加公开化了，也无疑让王夫人认定这段感情关系会威胁到贾宝玉的未来。所以，王夫人一直在思索，如何通过对大观园中的丫鬟进行一次廓清，在府中重新树立规矩。

第二条伏线是邢夫人与王夫人之间的两房之争。这条线索又分为两个层次，一是邢夫人与王熙凤的婆媳不睦，二是邢夫人与王夫人之间"房族之争"的爆发。邢夫人与王熙凤之间的矛盾，在第四十六回"鸳鸯女誓绝鸳鸯偶"邢夫人为贾赦求娶鸳鸯时便已埋下伏笔，当时王熙凤坐视邢夫人求娶鸳鸯失败，在贾母面前未曾帮衬一句。邢夫人因此怨忿不乐，甚至在风言风语的影响下，认定了贾母不喜欢自己是因为凤姐的挑拨。到了第七十一回"嫌隙人有心生嫌隙"，邢夫人借着王熙凤捆了两个婆子的事情，故意当着所有人的面向凤姐赔笑求情，对凤姐进行了小小的敲打。第七十三回中，邢夫人又对着迎春大嚼舌根，讽刺贾琏、王熙凤"一对儿赫赫扬扬""两口子遮天盖日"。正说着，王熙凤赶来请安伺候，邢夫人冷笑两声，命人出去说："请他自去养病，我这里不用他伺候。"这口气是何等咄咄逼人，可见在抄检大观园之前，邢夫人与王熙凤的关系已经降到了冰点，而绣春囊一事更是王熙凤治家不严的把柄，邢夫人当然不会放过这个兴师问罪的机会。

而邢夫人与王夫人之间始终都存在着引而不发的竞争关系。邢夫人作为贾府的长房媳妇，长期与贾赦居住在自己的别院中，不过问贾府主体的财务进出，而贾府的整体事务长期交由王夫人这个二房媳妇以及她的侄女王熙凤打理。当邢夫人开始觊觎贾府的钱财时，她的矛头也就对准了王夫人。而且在求娶鸳鸯失败得罪了贾母之后，邢夫人更加意识到自己与王夫人在府中地位的悬殊，心中更为不忿。因此有学者将绣春囊事件形容为邢夫人向王夫人下的一道战书，"是邢夫人发起的一场不利于王夫人，却为王夫人所支持的战役"。

第三条伏线，则是晴雯引发的一场"小抄检"。第七十三回中，晴雯为了帮宝玉装病，以便躲避贾政的学业检查，故意将芳官看错了嚷嚷说有人从墙上跳下来了这件事，怪罪到所有上夜的婆子们头上，夸大其词地说"如今宝玉唬的颜色都变了，满身发热"，还煞有介事地出去拿药，故意闹得众人皆知宝玉吓着了。王夫人听了，忙命人来看视给药，一面吩咐各上夜人仔细搜查是否真有人跳墙，一面又叫查二门外邻园墙上夜的小厮们。于是园内灯笼火把，直闹了一夜。至五更天，王夫人又命管家男女，仔细查一查，拷问内外上夜男女等人。

晴雯闹出来的这次"小抄检"是抄检大观园的一次预演，经此一闹，众婆子必然是恨得牙痒，巴不得赶紧将晴雯处理掉。因此抄检大观园也带上了一丝因果循环的味道——在正式抄检的过程中，晴雯首当其冲地被驱逐了出去。

总之，抄检大观园作为曹雪芹在前八十回中写下的最后一个"大关目"，它是由层层叠叠的因果推动而来的，也是此前埋伏在贾府中的所有有关矛盾的集中爆发。

巧借名目

　　抄检大观园看似是以王夫人为主导，以王熙凤为主要的执行者，但在整个事件的背后，有一个隐藏的"始作俑者"——邢夫人。

　　抄检大观园最为直接的原因是绣春囊事件，这件事也是用"山石伏线"远远写来的。第七十三回中，贾母专做粗活的丫头呆大姐在山石后面掏促织①，忽然看到一个五彩绣香囊，她并不知道这是男女私情的物证，还疑惑画的是"两个妖精打架"或是"两口子相打"，因此就想拿去给贾母看。正在去找贾母的路上，她碰到了来探望迎春的邢夫人，于是就顺便把绣春囊拿给了邢夫人看。邢夫人一看，吓得宛如灵魂都被敲打了一下。作为大家族出身的女子，她是会下意识地以这些东西为大逆不道的，所以她"连忙死紧攥住"，还严厉地警告呆大姐，如果她把拾到绣春囊的事情告诉旁人，连她也要打死。呆大姐吓得连连答应。

　　随后，邢夫人依旧按照她本来的路线去探望迎春，绣春囊一事就此告一段落。直到第七十四回，凤姐和平儿正在猜疑是谁走

---

① 促织：蟋蟀的别名。

漏风声，把自己向鸳鸯借当的事情说了出去，那边王夫人忽然就拿着绣春囊来兴师问罪了。在这里，邢夫人告发绣春囊事件是用"藏头露尾"法写出来的。小说并没有平铺直叙地写邢夫人如何利用绣春囊大做文章，而只是在王夫人对王熙凤说的话中提到：

> 你婆婆才打发人封了这个给我瞧，说是前日从傻大姐手里得的，把我气了个死。

"打发人封了这个给我瞧"，这个动作看起来是如此轻描淡写，但细想起来又大有意味。邢夫人拿到绣春囊之后，本来可以直接去找自己的儿媳妇王熙凤对峙，但一方面，邢夫人与王熙凤这对婆媳之间此时已经彻底交恶，王熙凤此前几次曲意奉承都被邢夫人的冷言冷语打断；另一方面，邢夫人将这个象征着治家不严的绣春囊交给王夫人，相当于同时打了掌握理家权力的王夫人、王熙凤二人一记响亮的耳光。

因此有学者说，这个小小的"绣春囊"是邢夫人"抓到手的一把刀子，图谋以'治家不严'整倒王氏婶媳，夺回家政大权"，而王夫人则视绣春囊为"邢夫人的一道战书"。

"痴丫头误拾绣春囊"一事其实只有这样短短的五六百字，却有如"风起于青萍之末"，将前后的波澜连接到了一起。首先，绣春囊是丫鬟司棋与他的表哥潘又安私会的证据。在第七十一回"鸳鸯女无意遇鸳鸯"的情节中，鸳鸯在大观园中的一处山石后撞见了与表哥私会的司棋，鸳鸯后来并没有将此事说出去，但谁也没有想到此事后来会因为偶然遗落的绣春囊而败露。而且，司棋是二小姐迎春身边的大丫鬟，迎春又是邢夫人这一房的女儿，邢夫人在拿到绣春囊的时候，正是在去探望迎春的路上，此后又因为邢夫人借绣春囊大做文章，导致司棋被逐，这个最终的结果对于邢夫人来说也是面上无光的。

邢夫人拿到绣春囊的时候，可能与王夫人一样，怀疑这是王熙凤"淫佚"的证据，希望以此作为扳倒王熙凤、打压王夫人的契机，但却没有想到，这只绣春囊正是从自己女儿迎春房中流出的。围绕绣春囊一事，我们可以看到邢夫人其实才是促成抄检大观园的"始作俑者"；同时，这件事又在邢夫人的人际关系场上形成了因果的闭环。这正是《红楼梦》写作手法的高妙之处。

少年读红楼梦

金玉相逢

首当其冲

在绣春囊一事上,王熙凤是首当其冲受到问责的。王夫人指责王熙凤的罪名主要有两条,首先当然是治家不严,其次也是更为严重的,则是直接怀疑绣春囊出自凤姐房中。

王夫人拿到绣春囊,带着满腔怒火来到凤姐的住处。她遣退了所有外人,便开始含着泪审问凤姐。她起头的一句话是:"我天天坐在井里,拿你当个细心人,所以我才偷个空儿。谁知你也和我一样。"这句话相当于对王熙凤此前理家的成果做了彻底的否定。在王夫人的眼中,凤姐平时的辛苦竟然还不如这个小小的绣春囊重要。

作为贾府日常事务的主要负责人,凤姐因为巡视不周而受到责问本也正常,但紧接着,王夫人话锋一转,说出了一句让凤姐惊骇的带有审问色彩的话:"我且问你,这个东西如何遗在那里来?"在她看来,一家子除了凤姐这对小夫小妻以外,都没什么人能用得到这种东西了,所以她怀疑是贾琏从哪里弄来的,被王熙凤当作一件玩意儿藏着。

王夫人的怀疑并非无中生有。还记得在第七回周瑞家的送宫花时来到凤姐院中，听到的那一阵阵笑声吗？这些虽属年轻夫妻之间的常事，但在礼仪教化甚严的贾府之中，这些常事也会让长辈心中有所芥蒂。因此王夫人在拿到绣春囊之后，会首先怀疑它出自王熙凤的房中。

这话可把王熙凤吓得半死，理家不严已属大过，何况是面对这样的怀疑。王夫人这一问，是在凤姐的名节问题上打了一个大大的问号。虽然王熙凤后来列出了四条理由来证明自己在这件事上是清白的，但是绣春囊一事再加上第七十一回中邢夫人当着王夫人的面指责王熙凤在府中滥罚仆妇，王夫人此时对凤姐的信任已经大打折扣，甚至生出了收回权力的心思。

凤姐本是邢夫人的儿媳妇，她只是暂时被借给王夫人"打工"的，荣国府的权力仍然握在王夫人的手中，只看她何时想要重新握紧了。因此在随后做出抄检大观园的决定时，王夫人完全不顾及凤姐的面子，不仅立刻同意王善保家的提出的倡议，还嘱咐这个邢夫人的心腹仆人"你去回了太太，也进园内照管照管，不比别人又强些"。这都说明王夫人对于凤姐的信任已经大大降低，以至于要用抄检大观园这样一场彻底的大清理，警告甚至削弱凤姐的权力。

王夫人对绣春囊出处的怀疑，是对凤姐的一笔补写。从这样短短的一段问责中，我们既能看到王熙凤理家的不易，同时也会发现，王熙凤所犯"七出之罪"中"淫泆"这一条罪责，在渐渐地浮上水面。

王熙凤的态度

抄检大观园从一开始就是一场对凤姐理家权力的"围剿"。在抄检之前，不仅婆婆邢夫人当着众人之面给了王熙凤难堪，而且连姑母王夫人都怀疑到了她的身上。因此，凤姐是强撑着病体，带着心灰意冷和满腔无奈参与到抄检一事中的。

王夫人刚动了抄检大观园的心思时，凤姐本来是不同意的，所以她提出了一个"胳膊折在袖内"的方案，借着查赌的因由暗暗查访，希望将此事大事化小、小事化了。谁知王夫人听了王善保家的的谗言，竟然下定决心要进行一番彻底的抄检。当着盛怒的王夫人和邢夫人的耳目，王熙凤作为媳妇小辈也不敢再说什么，只好低头答应。王夫人问她的意见，她也只得答应说："太太说的是，就行罢了。"入夜之后，王熙凤强撑病体，与王善保家的一同入园，抄检大观园的帷幕便正式拉开了。

在抄检过程中，凤姐一直持有一种"事不关己"的态度，有意地与抄检这件事划清界限。在抄检的第一站怡红院中，当晴雯亲手将自己箱子里的东西往地上尽情一倒，让众婆子脸上没趣的时候，王熙凤就对王善保家的等人说："你们可细细的查，若这一番查不出来，难回话的。"这个态度就很值得玩味，意思就是抄检都是婆子们的主意，自己只不过是奉命而来。后来当探春质问她的时候，她也是赔笑解释说，自己"不过是奉太太的命来，妹妹别错怪我"。凤姐将自己在抄检一事中的责任撇得干干净净，这是她平时在应对府中上下人等时锻炼出来的周旋技巧，因为这样兴师动众地抄检大观园是非常得罪人的，稍有不慎就会成为众矢之的。同时凤姐其实也是在实话实说，整场抄检本就是"奉太太的命"，遂了"众媳妇们"的意。

在整个抄检的过程中，凡有人问起凤姐这番抄检的原因，凤姐一概说是丢了件东西。她向宝玉解释说："因大家混赖，恐怕有丫头们偷了，所以大家都查一查去疑。"又给探春解释说："恐怕旁人赖这些女孩子们，所以越性大家搜一搜，使人去疑，倒是洗净他们的好法子。"这话像是故意说给一旁的王善保家的听的，因为抄检大观园就是从王夫人怀疑自己、王善保家的诬陷晴雯开始的。

在面对同辈的公子小姐时，凤姐摆出的态度是"礼"。一向不受人待见的管家婆子们仗着有王夫人撑腰，在抄检过程中铆足了劲儿地作威作福。但是凤姐的态度不可能与她们相同，她与贾府的少爷、小姐们本是相同的辈分，而且一向又是贾府事务的直接负责人，大家并不知道抄检是王夫人的命令，一旦闹出事来，第一个便会怨恨凤姐。因此，在抄检的过程中，凤姐一直是对园中的姊妹们保持一种近乎"赔礼"的态度，对于惊醒的黛玉，她连忙按住，不让她起身，还陪着话家常，而面对气愤的探春，她更是直待探春睡下才离开。

但以凤姐"正邪两赋之人"的性格，她当然不会忍气吞声地受婆子辖制。从整体上看，凤姐的态度是"先礼后兵"，到了该出手时，她一瞬间就会恢复平时雷厉风行的作风。众人在惜春的大丫鬟入画那里翻出男子的鞋袜，入画连忙解释说是贾珍赏赐自己哥哥的。凤姐这时笑道："这话若果真呢，也倒可恕，只是不该私自传送进来。这个可以传递，什么不可以传递。这倒是传递人的不是了。若这话不真，倘是偷来的，你可就别想活了。"这就是在恩威并施中对仆人立规矩。

而在抄检过程中，最让凤姐有所芥蒂的倒还不是这些真的犯了错的丫鬟，而是那个挑拨离间的"始作俑者"——王善保家的。所以当众人抄检到最后一站迎春房中时，王熙凤尤其注意王善保家的如何搜检，因为迎春的大丫鬟司棋正是王善保家的的外孙女，所以凤姐有心留意"王家的可藏私不藏"。

果然，戏剧性的情节发生了。众人还偏偏就在司棋的箱子中翻出了一双男子的鞋袜，以及一张"大红双喜笺帖"，上面是明明白白地写着司棋与表哥私通款曲的事。凤姐看完，不怒反乐，她没有直接借此事向王善保家的发怒，而是笑着反问她："你是司棋的老娘，他的表弟也该姓王，怎么又姓潘呢？"王善保家的这时候还不知道凤姐手中的帖子写的是什么，于是只好实话实说，解释道："司棋的姑妈给了潘家，所以他姑表兄弟姓潘。上次逃走了的潘又安就是他表弟。"这话是当着所有人的面坐实了司棋与表哥私通的罪名。随后凤姐才原原本本地将帖子念了出来，王善保家的此时已经是百口莫辩。

至此，抄检大观园的结果已经水落石出，凤姐虽然是被迫参与抄检，看似是委曲求全，但最终不费吹灰之力打破了王善保家的借机介入大观园事务的企图。所以有评论家称抄检大观园是"财色双关，正凤之用"。这一回正是对凤姐"末路英雄"形象的集中刻画。

一个人真实的模样

红楼诸钗中，王熙凤是一个极其复杂的人物，她的性格也是整部小说人物中层次最丰富的。后世很多评论家和研究者甚至因此将凤姐视为与贾宝玉并列的主角之一，因为他们同属"正邪两赋之人"。关于王熙凤是正是邪，从这部书问世起，就为历代读者、评点家争论不休。比如清代评点家护花主人王希廉就对王熙凤持完全否定的态度，将她的品德归为一个"恶"字；另一位清代评点家张新之甚至痛斥她为"禽兽"。到了二十世纪，一批学者对凤姐重新进行了审视和评价。比如王昆仑先生在《王熙凤论》中提出，凤姐是一个生命力旺盛、头脑敏锐的典型少妇，还概括了一句非常经典的定评："恨凤姐，骂凤姐，不见凤姐想凤姐。"

实际上，曹雪芹在《红楼梦》中将王熙凤与贾宝玉、林黛玉等人一并视为"正邪两赋一路而来之人"。这个概念本是第二回中贾雨村用来评价贾宝玉的。他说，天地间的人，除了大仁、大恶两种类型以外，还有一种人兼具"清明灵秀"的正气与"残忍乖僻"的邪气。他们"在上则不能成仁人君子，下亦不能为大凶大恶"，聪俊灵秀在万人之上，乖僻邪谬不近人情又在万人之下。贾雨村的这番论述同样适用于王熙凤。在这个人物身上，有太多矛盾的特质。所以脂砚斋说她"可畏可恶"，堪为"聪明中的痴人"，是非常精当的评价。

如何理解凤姐性格中的"可畏"与"可恶"？不可否认的是，她的性情中有极冷血、极狠毒的一面。最受人诟病的当属她身上背负的几条人命：将贾瑞玩弄至死、弄权铁槛寺害死一双有情人、借刀杀人戕害尤二姐。她还是个狠辣冷酷的弄权者、投机者，手段厉害非常。为一己私利枉顾人命，她却没有任何心理负担，反而因为尝到了甜头而"胆识愈壮"，恣意妄为。

处理家族事务时，作为大家族的当权者和执法者，她不能做到秉公持正，而是"顺我者昌，逆我者亡"；更为了一己之私，擅自挪用祖产和众人的月钱放贷，这相当于监守自盗、中饱私囊。她逐渐在权力与欲望的迷障中迷失了自己，只顾利用手中的权柄中饱私囊，缺乏为祖业做长远打算的战略眼光，完全辜负了秦可卿托梦时的嘱托。

处理家庭关系时，她牙尖嘴利，"脸酸心硬"，逞口舌之快，得理不饶人。在尤二姐事件中，她在宁国府大闹一场，将尤氏羞辱得哑口无言。这固然为她带来一时的优势，却也招致了很多非议与积怨，惹得尤氏直说她"太满了就泼出来了"。凤姐性格中的种种可畏之处，逐渐使她人心尽失，曾经受到羞辱和辖制的婆婆、妯娌、丈夫，最终都与她反目成仇。

但不可忽视的是，王熙凤的人格底色中也有"可亲""良善"的一面，甚至有种"侠气"。她对待贾府的客人极其慷慨，除了对刘姥姥"怜老惜贫"，后文中还写到她对袭人、邢岫烟的暗自关照。在第五十一回中，袭人要回家探望病重的母亲。凤姐看到袭人身上的褂子旧了，就把自己平日穿的那件石青刻丝八团天马皮褂子送给她，又命平儿把一个玉色绸里的哆罗呢的包袱拿出来，再包上一件雪褂子。如果说照顾袭人尚且有讨好王夫人的原因，那么她对邢岫烟的关照则完全属于雪中送炭。平儿看到大雪之中，众人或穿羽纱、或着猩猩毡，只有邢岫烟是一件旧斗篷，拱肩缩背，便自作主张拿了凤姐的一件大红羽纱雪褂子送给邢岫烟。凤姐得知后也不怪罪，反而开玩笑说："我的东西，他私自就要给人。我一个还花不够，再添上你提着，更好了！"我们知道，凤姐平日管理下人是很严苛的，但如果真遇到了事，她却能体现"济弱扶危"的祖风。这是她能够屹立在管家位置上的原因之一，也体现着她性格中的复杂性。

在家常相处中，凤姐也并非总以刻薄、狠辣的面目示人。她对上能时时讨贾母开心，一人说说笑笑便"抵得十个人的空儿"；对下又一向照顾众姊妹的生活，是姊妹口中的"好嫂子"。凤姐与平辈的妯娌、园中的仆妇的关系也并非剑拔弩张。在尤二姐事件之前，她与尤氏相见总是互相"笑嘲一阵"；也会和平儿、鸳鸯等丫鬟在螃蟹宴上笑闹成一团。这种平易近人的可亲做派，在贾府的其他太太、奶奶身上是从来看不到的。

可见，如果用可视化的方式来呈现王熙凤性格的话，这张"性格图谱"一定不是单一的线性结构，而是复杂的网状结构。凤姐的人物形象，是由一组组对立统一的要素组成的。这些性格特质往往呈现出"对举"的特点：往前一步便是善，往后一步便是恶。聪明可以演变为奸诈，伶俐可以发展成权变，幽默可以转化为阿谀，争强好胜可以演变为贪得无厌。这种既相互对立、又互相浸染的性格特质，构成了凤姐性格中"正邪两赋"的复杂底色。正像"正邪两赋之人"既不能"修治天下"，也不能"扰乱天下"一样，王熙凤注定不是末路贾府的救世者，但也不会是亲手葬送贾府前程的元凶。她所有的聪明与刁恶是一柄双刃剑，最终"反误"的是自己的"卿卿性命"。

脂批中曾将尤氏与王熙凤对比，称尤氏的德行比凤姐高十倍，可惜不能谏夫治家。脂砚斋的评价并不是在批评凤姐、为尤氏翻案，而是将这种性格差异归为"人各有当"：

此方是至理至情。最恨近之野史中，恶则无往不恶，美则无一不美，何不近情理之如是耶？

这段话的意思是，正邪相生，美恶兼备，才是一个正常人的真实模样。《红楼梦》塑造的人物皆是具体环境中的人物，这些人物既非大奸大恶，亦非大贤大愚，而是兼有正邪两种品格。书中曾借石头之口，谦称他们为"小才微善"之人。作者通过塑造这类人物来提醒世人，在看待书中人、身边人的时候，不应武断地打上非黑即白的好恶标签，而应从"正邪两赋"的视角着眼，把握他们具体的成长和生活环境，分析和体会这类人物为何会在特定场景中做出如此举动。

红 楼 诗 文

金陵十二钗图册判词

凡鸟^①偏从末世来，都知爱慕此生才。

一从二令三人木^②，哭向金陵事更哀。

注释

①凡鸟：凡鸟二字的繁体字，合在一起为"凤"字。指这段判词所写的人为王熙凤。

②一从二令三人木：此句用拆字法暗示王熙凤的结局。

③金陵：王熙凤出身金陵王家，此句暗示她被休弃后的个人去向。

译文

凡鸟（王熙凤）偏偏生在了末世，大家都爱慕她的才华。可是她先是顺从，后是被使令，最后竟被休弃，哭着返回金陵娘家，真是让人感到悲哀啊！

大千万象

去当铺典当东西一定说明家里穷吗？

开当铺的都是有钱有势的显宦富商，那么，当东西的是哪些人呢？按照一般的印象，我们可能会觉得只有穷人才需要当东西，但实际上并不一定，比如《红楼梦》中王熙凤始终都与当铺有很多往来，这并不能说明她穷。清代人出入当铺的目的是比较复杂的，根据记载，一般有五种人去当铺当东西。

第一种人是穷人。但开当铺的最不喜欢穷人去当东西，甚至有时候还不收他们的东西。因为这些人手里只有些没有价值的破衣烂衫，当不了几个钱，也就产生不了多少利息，如果他们赖账，这些东西也转卖不出去，完全就是亏本买卖。

所以，穷人为了能够通过典当得钱，还要费一番周折、想一些办法。比较恶劣的就如迎春的乳母，偷了小姐的金首饰换钱赌博。她当时心里想的可能是赢了钱就赎回来，但是赌博哪有稳赚不赔的？所以后来便东窗事发。

另外一种比较体面的方式就是"借当"。《红楼梦》第九回里，茗烟大闹学堂的时候骂金荣说："你那姑妈只会打旋磨子，给我们琏二奶奶跪着借当头，我眼里就看不起他那样的主子奶奶！""借当头"就是指借别人的东西拿去典当。有些人不好意思直接开口问人借钱，就急中生智说，我最近家里来亲戚，想借件体面衣服、精致家具用两天，实际上借到后可能出门就拿去当铺换钱了，等手里有了钱再赎回来归还，这样就不像直接借钱那么尴尬。

第二种人是有收入，但银钱经常周转不开的人。他们不至于穷得叮当响，但又时不时地缺现金。这种人是当铺的常客，也即清代北京俗语所说的"穷不离挂摊，富不离药罐，不穷不富不离当铺"。《红楼梦》里的邢岫烟就是这类主顾，第五十七回中写到她拿自己的冬衣当了几吊钱的盘缠，用来作为日常经济周转。

第三种人是些小中产。他们有些家底，稍微贵重的东西自己不方便保存，就拿当铺当仓库，付出去的利钱就相当于租保险箱的费用了。清代讲究穿皮货，贵重的皮衣夏天不好保存，因为要通风、防虫、防潮，于是就有人把这烦恼丢给当铺，春天换季的时候当出去，冬天要穿了再赎回来。这种情况当铺不仅不会压价，反而还要抬价，因为当铺掌柜希望当户多当一点儿钱，不然利息还不够保管费呢。

第四种人是些地痞流氓。他们有时候随便拿个破烂儿去典当，明摆着就是去讹钱。当铺也不太敢惹他们，这是让当铺最头疼的一类人。

第五种人则是当铺最喜欢的，那就是急等钱用的大户人家，比如贾琏、王熙凤就是此类。他们的当头又多又值钱，不仅利息多，而且就算"死了当"——不来赎回也不怕，把当头转卖出去也能赚上一笔。第七十二回里，贾琏串通了贾母的丫鬟鸳鸯，把老太太用不着的金银家伙偷着运出一箱子来，暂押千数两银子支腾过去，接收这箱东西的当铺伙计应该是笑得嘴都合不拢了。

在《红楼梦》中，作为当铺常客的贾府也经历了身份的转变。一开始，他们可能是当铺要费心巴结的那一类贵族，是当铺求着他们来存东西。后来，贾府便开始频繁地通过典当东西换钱。比如当年还能借当头给璜大奶奶的王熙凤，在贾府不断衰落的时候，就开始频繁地典当自己的东西。她的金项圈就是为给贾家"填窟窿"而当掉的。贾琏为了给尤二姐办后事向王熙凤讨银子，王熙凤就说家里近日艰难，月例一月赶不上一月，昨儿刚把两个金项圈当了三百两银子。后来，宫里的夏太监来借钱，王熙凤又拿出两只金项圈，当了四百两银子，一半给了夏太监，一半拿去办家里的中秋节。典当来的钱都没有经过王熙凤的手，一眨眼就没了。

所以，如果说市井中有谁对贾府经济状况的好坏最为洞悉，可能就是当铺的伙计了。因为典当东西虽然不一定能证明当户是穷人，但是典当的频率、金额、是否赎回等等都可以间接反映当户的经济状况。

图书在版编目（CIP）数据

少年读红楼梦. 金玉相逢 / 蔡丹君著. -- 青岛：青岛出版社, 2024. 6. -- ISBN 978-7-5736-2367-6

Ⅰ. I207.411-49

中国国家版本馆CIP数据核字第2024ZQ1880号

SHAONIAN DU HONGLOUMENG · JINYU XIANGFENG

书　　名	少年读红楼梦·金玉相逢
著　　者	蔡丹君
出版发行	青岛出版社
社　　址	青岛市崂山区海尔路182号（266061）
本社网址	http://www.qdpub.com
邮购电话	0532-68068091
选题策划	梁　唯　丰雅楠
责任编辑	王龙华　万延贵
特约编辑	黄　靖
绘　　图	［清］孙　温
装帧设计	乐唐视觉设计工作室
照　　排	青岛乐喜力科技发展有限公司
印　　刷	青岛乐喜力科技发展有限公司
出版日期	2024年9月第1版　2024年9月第1次印刷
开　　本	16开
印　　张	12.5
字　　数	145千
书　　号	ISBN 978-7-5736-2367-6
定　　价	39.00元

编校印装质量、盗版监督服务电话　　4006532017　0532-68068050